Pierre Bourdieu : l'insoumission en héritage
*PUF, 2013*

Édouard Louis

# EN FINIR
# AVEC EDDY
# BELLEGUEULE

ROMAN

Éditions du Seuil

© Éditions Gallimard, 1964, pour la citation en exergue

TEXTE INTÉGRAL

ISBN 978-2-7578-5297-2
(ISBN 978-2-02-111770-7, 1$^{re}$ publication)

© Éditions du Seuil, 2014

*Pour Didier Eribon*

Pour la première fois mon nom prononcé
ne nomme pas.

Marguerite DURAS,
*Le Ravissement de Lol V. Stein*

# LIVRE 1

# Picardie

(fin des années 1990 – début des années 2000)

# Rencontre

De mon enfance je n'ai aucun souvenir heureux. Je ne veux pas dire que jamais, durant ces années, je n'ai éprouvé de sentiment de bonheur ou de joie. Simplement la souffrance est totalitaire : tout ce qui n'entre pas dans son système, elle le fait disparaître.

Dans le couloir sont apparus deux garçons, le premier, grand, aux cheveux roux, et l'autre, petit, au dos voûté. Le grand aux cheveux roux a craché *Prends ça dans ta gueule.*

Le crachat s'est écoulé lentement sur mon visage, jaune et épais, comme ces glaires sonores qui obstruent la gorge des personnes âgées ou des gens malades, à l'odeur forte et nauséabonde. Les rires aigus, stridents, des deux garçons *Regarde il en a plein la gueule ce fils de pute.* Il s'écoule de mon œil jusqu'à mes lèvres, jusqu'à entrer dans ma bouche. Je n'ose pas l'essuyer. Je pourrais le faire, il suffirait d'un revers de manche. Il suffirait d'une fraction de seconde, d'un geste minuscule pour que le crachat n'entre pas en contact avec mes lèvres, mais je ne le fais pas, de peur qu'ils se sentent offensés, de peur qu'ils s'énervent encore un peu plus.

Je n'imaginais pas qu'ils le feraient. La violence ne m'était pourtant pas étrangère, loin de là. J'avais depuis toujours, aussi loin que remontent mes souvenirs, vu mon père ivre se battre à la sortie du café contre d'autres hommes ivres, leur casser le nez ou les dents. Des hommes qui avaient regardé ma mère avec trop d'insistance et mon père, sous l'emprise de l'alcool, qui fulminait *Tu te prends pour qui à regarder ma femme comme ça sale bâtard*. Ma mère qui essayait de le calmer *Calme-toi chéri, calme-toi* mais dont les protestations étaient ignorées. Les copains de mon père, qui à un moment finissaient forcément par intervenir, c'était la règle, c'était ça aussi être un vrai ami, un *bon copain*, se jeter dans la bataille pour séparer mon père et l'autre, la victime de sa saoulerie au visage désormais couvert de plaies. Je voyais mon père, lorsqu'un de nos chats mettait au monde des petits, glisser les chatons tout juste nés dans un sac plastique de supermarché et claquer le sac contre une bordure de béton jusqu'à ce que le sac se remplisse de sang et que les miaulements cessent. Je l'avais vu égorger des cochons dans le jardin, boire le sang encore chaud qu'il extrayait pour en faire du boudin (le sang sur ses lèvres, son menton, son tee-shirt) *C'est ça qu'est le meilleur, c'est le sang quand il vient juste de sortir de la bête qui crève*. Les cris du cochon agonisant quand mon père sectionnait sa trachée-artère étaient audibles dans tout le village.

J'avais dix ans. J'étais nouveau au collège. Quand ils sont apparus dans le couloir je ne les connaissais pas. J'ignorais jusqu'à leur prénom, ce qui n'était pas fréquent dans ce petit établissement scolaire d'à peine deux cents élèves où tout le monde apprenait vite à se connaître. Leur démarche était lente, ils étaient souriants, ils ne dégageaient aucune agressivité, si bien que j'ai d'abord pensé qu'ils venaient faire connaissance. Je ne comprenais pas pourquoi les grands venaient me parler à moi qui étais nouveau ? La cour de récréation fonctionnait de la même manière que le reste du monde : les grands ne côtoyaient pas les petits. Ma mère le disait en parlant des ouvriers *Nous les petits on intéresse personne, surtout pas les grands bourges.*

Dans le couloir ils m'ont demandé qui j'étais, si c'était bien moi *Bellegueule*, celui dont tout le monde parlait. Ils m'ont posé cette question que je me suis répétée ensuite, inlassablement, des mois, des années,

*C'est toi le pédé ?*

En la prononçant ils l'avaient inscrite en moi pour toujours tel un stigmate, ces marques que les Grecs gravaient au fer rouge ou au couteau sur le corps des individus déviants, dangereux pour la communauté. C'est la surprise qui m'a traversé, quand bien même ce n'était pas la première fois que l'on me disait une chose pareille. On ne s'habitue jamais à l'injure.

Un sentiment d'impuissance, de perte d'équilibre. J'ai souri – et le mot *pédé* qui résonnait, explosait dans ma tête, palpitait en moi à la fréquence de mon rythme cardiaque.

J'étais maigre, ils avaient dû estimer ma capacité à me défendre faible, presque nulle. À cet âge mes parents me surnommaient fréquemment *Squelette* et mon père réitérait sans cesse les mêmes blagues *Tu pourrais passer derrière une affiche sans la décoller.* Au village comme dans ma famille, le poids était une caractéristique valorisée et l'on disait volontiers *Mieux vaut pas se laisser mourir de faim, c'est une bonne maladie.*

(L'année d'après, fatigué par les sarcasmes de ma famille sur mon poids, j'entrepris de grossir. J'achetais des paquets de chips à la sortie de l'école avec de l'argent que je demandais à ma tante – mes parents n'auraient pas pu m'en donner – et m'en gavais. Moi qui avais jusque-là refusé de manger les plats trop gras que préparait ma mère, précisément par crainte de devenir comme mon père et mes frères – elle s'exaspérait : *Ça va pas te boucher ton trou du cul* –, je me mis soudainement à tout avaler sur mon passage, comme ces insectes qui se déplacent en nuages et font disparaître des paysages entiers. Je pris une vingtaine de kilos en un an.)

Ils m'ont d'abord bousculé du bout des doigts, sans trop de brutalité, toujours en riant, toujours le crachat sur mon visage, puis de plus en plus fort, jusqu'à claquer ma tête contre le mur du couloir. Je ne disais rien. L'un m'a saisi les bras pendant que l'autre me mettait des coups de pied, de moins en moins souriant, de plus en plus sérieux dans son rôle, son visage exprimant de plus en plus de concentration, de colère, de haine. Je me souviens : les coups dans le ventre, la douleur provoquée par le choc entre ma tête et le mur de briques. C'est un élément auquel on ne pense pas, la douleur, le corps souffrant tout à coup, blessé, meurtri. On pense – devant ce type de scène, je veux dire : avec un regard extérieur – à l'humiliation, à l'incompréhension, à la peur, mais on ne pense pas à la douleur.

Les coups dans le ventre me faisaient suffoquer et ma respiration se bloquait. J'ouvrais la bouche le plus possible pour y laisser pénétrer l'oxygène, je gonflais la poitrine, mais l'air ne voulait pas entrer ; cette impression que mes poumons s'étaient soudainement remplis d'une sève compacte, de plomb. Je les sentais lourds tout à coup. Mon corps tremblait, semblait ne plus m'appartenir, ne plus répondre à ma volonté. Comme un corps vieillissant qui s'affranchit de l'esprit, est abandonné par celui-ci, refuse de lui obéir. Le corps qui devient un fardeau.

Ils riaient quand mon visage se teintait de rouge à cause du manque d'oxygène (le naturel des classes populaires, la simplicité des gens de peu qui aiment rire, les *bons vivants*). Les larmes me montaient aux yeux, mécaniquement, ma vue se troublait comme c'est le cas lorsqu'on s'étouffe avec sa salive ou quelque nourriture. Ils ne savaient pas que c'était l'étouffement qui faisait couler mes larmes, ils s'imaginaient que je pleurais. Ils s'impatientaient.

J'ai senti leur haleine quand ils se sont approchés de moi, cette odeur de laitages pourris, d'animal mort. Les dents, comme les miennes, n'étaient probablement jamais lavées. Les mères du village ne tenaient pas beaucoup à l'hygiène dentaire de leurs enfants. Le dentiste coûtait trop cher et le manque d'argent finissait toujours par se transformer en choix. Les mères disaient *De toute façon y a plus important dans la vie.* Je paye encore actuellement d'atroces douleurs, de nuits sans sommeil, cette négligence de ma famille, de ma classe sociale, et j'entendrai des années plus tard, en arrivant à Paris, à l'École normale, des camarades me demander *Mais pourquoi tes parents ne t'ont pas emmené chez un orthodontiste.* Mes mensonges. Je leur répondrai que mes parents, des intellectuels un peu trop bohèmes, s'étaient tant souciés de ma formation littéraire qu'ils en avaient parfois négligé ma santé.

Dans le couloir le grand aux cheveux roux et le petit au dos voûté criaient. Les injures se succédaient avec les coups, et mon silence, toujours. *Pédale, pédé, tantouse, enculé, tarlouze, pédale douce, baltringue, tapette (tapette à mouches), fiotte, tafiole, tanche, folasse, grosse tante, tata,* ou *l'homosexuel, le gay.* Certaines fois nous nous croisions dans l'escalier bondé d'élèves, ou autre part, au milieu de la cour. Ils ne pouvaient pas me frapper au vu de tous, ils n'étaient pas si stupides, ils auraient pu être renvoyés. Ils se contentaient d'une injure, juste *pédé* (ou autre chose). Personne n'y prenait garde autour mais tout le monde l'entendait. Je pense que tout le monde l'entendait puisque je me souviens des sourires de satisfaction qui apparaissaient sur le visage d'autres dans la cour ou dans le couloir, comme le plaisir de voir et d'entendre le grand aux cheveux roux et le petit au dos voûté rendre justice, dire ce que tout le monde pensait tout bas et chuchotait sur mon passage, que j'entendais *Regarde, c'est Bellegueule, la pédale.*

# Mon père

Il y a mon père. En 1967, année de sa naissance, les femmes du village n'allaient pas encore à l'hôpital. Elles accouchaient chez elles. Quand elle l'a mis au monde sa mère était sur le canapé imprégné de poussière, de poils de chiens et de chats, de saleté à cause des chaussures constamment couvertes de boue qui ne sont pas retirées à l'entrée. Au village il y a des routes évidemment, mais aussi de nombreux *chemins de terre* que l'on emprunte encore, où les enfants vont jouer, des routes de terre et de pierres non bétonnées qui longent les champs, des trottoirs en terre battue qui les jours de pluie deviennent semblables à des sables mouvants.

Avant le collège je me rendais plusieurs fois par semaine pour faire du vélo dans les *chemins de terre*. J'attachais un petit morceau de carton aux rayons de mon vélo pour qu'il puisse faire un bruit de moto quand je pédalais.

Le père de mon père buvait beaucoup d'alcool, du pastis et du vin en cubi de cinq litres comme en boivent la plupart des hommes au village. L'alcool qu'ils vont chercher à l'épicerie, qui cumule en plus les fonctions de café et de débit de tabac, de dépôt de pain. Il est possible d'y effectuer des achats à n'importe quelle heure, il suffit de taper à la porte des patrons. Ils rendent service.

Son père buvait beaucoup d'alcool et, une fois ivre, il frappait sa mère : subitement il se tournait vers elle et il l'insultait, il lui lançait tous les objets qu'il avait sous la main, parfois même sa chaise, et puis il la battait. Mon père, trop petit, enfermé dans son corps d'enfant chétif, les regardait, impuissant. Il accumulait la haine en silence.

Tout ça il ne me le disait pas. Mon père ne parlait pas, du moins pas de ces choses-là. Ma mère s'en chargeait, c'était son rôle de femme.

Un matin – mon père avait cinq ans –, son père est parti pour toujours, sans prévenir. Ma grand-mère, qui elle aussi transmettait les histoires de famille (toujours le rôle de femme), me l'avait raconté. Elle en riait des années après, heureuse, finalement, d'avoir été libérée de son mari *Il est parti un matin pour travailler à l'usine et il est jamais revenu pour souper, on l'a attendu.* Il était ouvrier d'usine, c'est lui qui ramenait la paye à la maison et en disparaissant la famille s'est retrouvée sans argent, à peine de quoi manger avec six ou sept enfants.

Mon père n'a jamais oublié, il disait devant moi *Ce sale fils de pute qui nous a abandonnés, qui a laissé ma mère sans rien, je lui pisse dessus.*

Lorsque le père de mon père est mort trente-cinq ans après, ce jour-là nous étions dans la pièce principale, devant la télévision, en famille.

Mon père a reçu un coup de téléphone de sa sœur, ou de l'hospice où son *paternel* a fini ses jours. Cette personne au téléphone lui a dit, *Ton – votre – père est décédé ce matin, un cancer, et surtout une hanche broyée suite à un accident, la blessure qui a dégénéré, nous avons tout essayé mais il n'a pas pu être sauvé.* Il était monté sur un arbre pour en couper les branches et il avait coupé celle sur laquelle il était assis. Mes parents riaient si fort quand cette personne a dit cette phrase au téléphone qu'il leur a fallu du temps pour reprendre leur respiration *Couper la branche qu'il était assis dessus, ce con, il faut le faire quand même.* L'accident, la hanche broyée. Une fois averti mon père a éclaté de joie, il a dit à ma mère *Il a fini par crever cette raclure.* Aussi : *Je vais acheter une bouteille pour fêter ça.* Il fêtait ses quarante ans quelques jours après et jamais il n'a semblé si heureux, il disait qu'il aurait deux événements à célébrer à quelques jours d'intervalle, deux occasions de *se la mettre.* Je passai la soirée avec eux, souriant comme un enfant qui reproduit l'état dans lequel il voit ses parents sans tout à fait savoir pourquoi (les jours où ma mère pleurait je l'imitais aussi sans comprendre pourquoi ; je pleurais). Mon père avait même songé à acheter du soda pour moi et des petits biscuits salés. Je n'ai jamais su s'il avait souffert, silencieusement, s'il souriait à l'annonce de la mort de son père

comme on peut sourire quand on reçoit des crachats au visage.

Mon père avait cessé d'aller à l'école très jeune.
Il avait préféré les soirées au bal dans les villages
voisins et les bagarres qui les accompagnaient
immanquablement, les virées en mobylette – on
disait *pétrolette* – jusqu'aux étangs où il passait
plusieurs jours et pêchait, les journées dans le
garage à apporter des modifications à la mobylette,
*cafouiller sa bécane*, pour la rendre plus puissante,
plus rapide. Même quand il se rendait au lycée il
en était de toute façon la plupart du temps exclu à
cause des provocations aux enseignants, des insultes,
des absences.

Il parlait beaucoup des bagarres *J'étais un dur*
*quand j'avais quinze ou seize ans, j'arrêtais pas*
*de me battre à l'école ou au bal et on prenait des*
*sacrées cuites avec mes copains. On en avait rien*
*à foutre, on s'amusait, et c'est vrai, à ce temps-là,*
*si l'usine me virait, j'en trouvais une autre, c'était*
*pas comme maintenant.*

Il avait effectivement arrêté son diplôme profes-
sionnel au lycée pour se faire embaucher en tant
qu'ouvrier dans l'usine du village qui fabriquait des
pièces de laiton, comme son père, son grand-père
et son arrière-grand-père avant lui.

Les durs au village, qui incarnaient toutes les
valeurs masculines tant célébrées, refusaient de se
plier à la discipline scolaire et il était important
pour lui d'avoir été un dur. Lorsque mon père

disait d'un de mes frères ou de mes cousins qu'il était un *dur* je percevais l'admiration dans sa voix.

Ma mère lui a annoncé un jour qu'elle était enceinte. C'était au début des années 90. Elle allait avoir un garçon, moi, leur premier enfant. Ma mère en avait déjà deux autres de son premier mariage, mon grand frère et ma grande sœur ; conçus avec son premier mari, alcoolique, mort d'une cirrhose du foie et retrouvé des jours après, étendu sur le sol, le corps à moitié décomposé et grouillant de vers, particulièrement sa joue décomposée qui laissait apparaître l'ossature de sa mâchoire où s'agitaient les larves, un trou, là, de la taille d'un trou de golf, au milieu du visage cireux et jaunâtre. Mon père en a été très heureux. Au village il n'importait pas seulement d'avoir été un dur mais aussi de savoir faire de ses garçons des durs. Un père renforçait son identité masculine par ses fils, auxquels il se devait de transmettre ses valeurs viriles, et mon père le ferait, il allait faire de moi un dur, c'était sa fierté d'homme qui était en jeu. Il avait décidé de m'appeler Eddy à cause des séries américaines qu'il regardait à la télévision (toujours la télévision). Avec le nom de famille qu'il me transmettait, Bellegueule, et tout le passé dont était chargé ce nom, j'allais donc me nommer Eddy Bellegueule. Un nom de dur.

# Les manières

Très vite j'ai brisé les espoirs et les rêves de mon père. Dès les premiers mois de ma vie le problème a été diagnostiqué. Il semblerait que je sois né ainsi, personne n'a jamais compris l'origine, la genèse, d'où venait cette force inconnue qui s'était emparée de moi à la naissance, qui me faisait prisonnier de mon propre corps. Quand j'ai commencé à m'exprimer, à apprendre le langage, ma voix a spontanément pris des intonations féminines. Elle était plus aiguë que celle des autres garçons. Chaque fois que je prenais la parole mes mains s'agitaient frénétiquement, dans tous les sens, se tordaient, brassaient l'air.

Mes parents appelaient ça des *airs*, ils me disaient *Arrête avec tes airs*. Ils s'interrogeaient *Pourquoi Eddy il se comporte comme une gonzesse*. Ils m'enjoignaient : *Calme-toi, tu peux pas arrêter avec tes grands gestes de folle*. Ils pensaient que j'avais fait le choix d'être efféminé, comme une esthétique de moi-même que j'aurais poursuivie pour leur déplaire.

Pourtant j'ignorais moi aussi les causes de ce que j'étais. J'étais dominé, assujetti par ces manières et je ne choisissais pas cette voix aiguë. Je ne choisissais ni ma démarche, les balancements de hanches de droite à gauche quand je me déplaçais, prononcés, trop prononcés, ni les cris stridents qui s'échappaient de mon corps, que je ne poussais pas mais qui s'échappaient littéralement par ma gorge quand j'étais surpris, ravi ou effrayé.

Régulièrement je me rendais dans la chambre des enfants, sombre puisque nous n'avions pas la lumière dans cette pièce (nous n'avions pas assez d'argent pour y mettre un véritable éclairage, pour y suspendre un lustre ou simplement une ampoule : la chambre ne disposait que d'une lampe de bureau).

J'y dérobais les vêtements de ma sœur que je mettais pour défiler, essayant tout ce qu'il était possible d'essayer : les jupes courtes, longues, à pois ou à rayures, les tee-shirts cintrés, décolletés, usés, troués, les brassières en dentelle ou rembourrées.

Ces représentations dont j'étais l'unique spectateur me semblaient alors les plus belles qu'il m'ait été donné de voir. J'aurais pleuré de joie tant je me trouvais beau. Mon cœur aurait pu exploser tant son rythme s'accélérait.

Après le moment d'euphorie du défilé, essoufflé, je me sentais soudainement idiot, sali par les vêtements de fille que je portais, pas seulement idiot mais dégoûté par moi-même, assommé par ce sursaut de folie qui m'avait conduit à me travestir, comme ces jours où l'ivresse et la désinhibition produisent des comportements ridicules, regrettés le lendemain quand les effets de l'alcool ont disparu et qu'il ne reste plus de nos actes qu'un souvenir douloureux et honteux. Je m'imaginais découper ces vêtements, les brûler, les enterrer là où personne ne foule jamais la terre.

Mes goûts aussi étaient toujours automatiquement tournés vers des goûts féminins sans que je sache ou ne comprenne pourquoi. J'aimais le théâtre, les chanteuses de variétés, les poupées, quand mes frères (et même, d'une certaine manière, mes sœurs) préféraient les jeux vidéo, le rap et le football.

À mesure que je grandissais, je sentais les regards de plus en plus pesants de mon père sur moi, la terreur qui montait en lui, son impuissance devant le monstre qu'il avait créé et qui, chaque jour, confirmait un peu plus son anomalie. Ma mère semblait dépassée par la situation et très tôt elle a baissé les bras. J'ai souvent cru qu'un jour elle partirait en laissant simplement un mot sur une table dans lequel elle aurait expliqué qu'elle ne pouvait plus, qu'elle n'avait pas demandé ça, un fils comme moi, n'était pas prête à vivre cette vie, et qu'elle réclamait son droit à l'abandon. J'ai cru d'autres jours que mes parents me conduiraient sur le bord d'une route ou au fond d'un bois pour m'y laisser, seul, comme on le fait avec les bêtes (et je savais qu'ils ne le feraient pas, ça n'était pas possible, ils n'iraient pas jusque-là ; mais j'y pensais).

Désemparés devant cette créature qui leur échappait, mes parents tentaient avec acharnement de me remettre sur le droit chemin. Ils s'énervaient, me disaient *Il a un grain lui, ça va pas dans sa tête*. La plupart du temps ils me disaient *gonzesse*, et *gonzesse* était de loin l'insulte la plus violente pour eux – ce que je dis là était perceptible dans le ton qu'ils employaient –, celle qui exprimait le plus de dégoût, beaucoup plus que *connard* ou *abruti*. Dans ce monde où les valeurs masculines étaient érigées comme les plus importantes, même ma mère disait d'elle *J'ai des couilles moi, je me laisse pas faire*.

Mon père pensait que le football m'endurcirait et il m'avait proposé d'en faire, comme lui dans sa jeunesse, comme mes cousins et mes frères. J'avais résisté : à cet âge déjà je voulais faire de la danse ; ma sœur en faisait. Je me rêvais sur une scène, j'imaginais des collants, des paillettes, des foules m'acclamant et moi les saluant, comblé, couvert de sueur – mais sachant la honte que cela représentait je ne l'avais jamais avoué. Un autre garçon dans le village, Maxime, qui faisait de la danse parce que ses parents, sans que personne en saisisse les motivations, l'y obligeaient, essuyait les moqueries des autres. On le surnommait *la Danseuse*.

Mon père m'avait imploré *Au moins c'est gratuit et tu seras avec ton cousin, avec tes copains du village. Essaye. S'il te plaît essaye.*

J'avais accepté d'y aller une fois, bien plus par

peur des représailles que par volonté de lui faire plaisir.

J'y suis allé et je suis rentré – plus tôt que les autres, car après la séance d'entraînement nous devions nous rendre aux vestiaires pour nous changer. Or je découvris, avec horreur et effroi (et j'aurais pu y penser, tout le monde sait ces choses), que les douches étaient collectives. Je suis rentré et je lui ai dit que je ne pouvais pas continuer *Je veux plus en faire, j'aime pas ça le football, c'est pas mon truc*. Il a insisté quelque temps, avant de se décourager.

J'étais avec lui, nous nous rendions au café quand il a croisé le président du club de football, qu'on appelait *la Pipe*. *La Pipe* lui a demandé avec cet air que prennent les gens lorsqu'ils sont étonnés, un sourcil relevé *Mais pourquoi ton fils il vient plus*. J'ai vu mon père baisser les yeux et balbutier un mensonge *Oh il est un peu malade* avec, à ce moment, cette sensation inexplicable qui traverse un enfant confronté à la honte de ses parents en public, comme si le monde perdait en une seconde tous ses fondements et son sens. Il a compris que *la Pipe* ne l'avait pas cru, il a essayé de se rattraper *Et pis tu sais bien, il est un peu spécial Eddy, enfin pas spécial, un peu bizarre, lui ce qu'il aime c'est regarder tranquillement la télé*. Il a fini par avouer d'un air désolé, le regard fuyant *Enfin bon il aime pas le football je crois bien*.

Hors de chez moi, dans le village du Nord d'à peine mille habitants dans lequel j'ai grandi, je crois pouvoir dire que j'étais un petit garçon plutôt apprécié. Et puis, il y avait aussi tout ce qu'on raconte sur une enfance à la campagne, qui m'était agréable : les longues promenades dans les bois, les cabanes que nous y construisions, les feux de cheminée, le lait chaud tout juste rapporté de la ferme, les parties de cache-cache dans les champs de maïs, le silence apaisant des ruelles, la vieille dame qui distribue des bonbons, les pommiers, les pruniers, les poiriers dans tous les jardins, l'explosion de couleurs à l'automne, les feuilles qui couvraient les trottoirs, les pieds pris, embourbés, dans ces montagnes de feuilles ; les marrons qui tombaient à la même période, à l'automne, et les batailles que nous organisions. Les marrons faisaient très mal, je rentrais chez moi couvert de bleus mais je ne m'en plaignais pas, bien au contraire. Ma mère disait *J'espère que t'as fait plus de bleus aux autres qu'y t'en ont fait, c'est comme ça qu'on sait qui c'est le gagnant.*

Il n'était pas rare que j'entende dire *Il est un peu spécial le fils Bellegueule* ou que je provoque des sourires moqueurs chez ceux à qui je m'adressais. Mais après tout, étant le bizarre du village, l'efféminé, je suscitais une forme de fascination amusée qui me mettait à l'abri, comme Jordan, mon voisin martiniquais, seul Noir à des kilomètres, à qui l'on disait *C'est vrai que j'aime pas les Noirs, tu vois plus que ça maintenant, qui font des problèmes partout, qui font la guerre dans leur pays ou qui*

*viennent ici brûler des voitures, mais toi Jordan,*
*toi t'es bien, t'es pas pareil, on t'aime bien.*

Les femmes du village félicitaient ma mère, *Il est bien élevé ton fils Eddy, il est pas comme les autres ça se voit tout de suite.* Et ma mère en était fière, elle me félicitait en retour.

# Au collège

Le collège le plus proche auquel on accédait par le car, à quinze kilomètres du village, était un grand bâtiment fait d'acier et de ces briques pourpres qui évoquent dans l'imaginaire les villes et les paysages ouvriers du Nord aux maisons resserrées, entassées les unes sur les autres (dans l'imaginaire de ceux qui n'y sont pas. De ceux qui n'y vivent pas. Pour les ouvriers du Nord, pour mon père, mon oncle, ma tante, pour eux, elles n'évoquent rien à l'imaginaire. Elles évoquent le dégoût du quotidien, au mieux l'indifférence morose). Ces maisons, ces grands bâtiments rougeâtres, ces usines austères aux cheminées vertigineuses qui crachent continuellement, sans jamais s'arrêter, une fumée compacte, lourde, d'un blanc éclatant. Si le collège et l'usine étaient exactement semblables, c'est que de l'un à l'autre il n'y avait qu'un pas. La plupart des enfants, particulièrement les durs, sortaient du collège pour se rendre directement à l'usine. Ils y retrouvaient les mêmes briques rouges, les mêmes tôles d'acier, les mêmes personnes avec lesquelles ils avaient grandi.

Ma mère m'avait un jour mis devant l'évidence. Je ne comprenais pas et je lui avais demandé à quatre ou cinq ans, avec cette pureté dans les questions que posent les enfants, cette brutalité poussant les adultes à arracher à l'oubli les questions qui, parce qu'elles sont les plus essentielles, paraissent les plus futiles.

*Maman, la nuit, elles s'arrêtent quand même, elles dorment les usines ?*

*Non, l'usine dort pas. Elle dort jamais. C'est pour ça que papa et que ton grand frère partent des fois la nuit à l'usine, pour l'empêcher de s'arrêter.*

*Et moi alors, je devrai y aller aussi la nuit, à l'usine ?*

*Oui.*

Au collège tout a changé. Je me suis retrouvé entouré de personnes que je ne connaissais pas. Ma différence, cette façon de parler comme une fille, ma façon de me déplacer, mes postures remettaient en cause toutes les valeurs qui les avaient façonnés, eux qui étaient des durs. Un jour dans la cour, Maxime, un autre Maxime, m'avait demandé de courir, là, devant lui et les garçons avec qui il était. Il leur avait dit *Vous allez voir comment il court comme une pédale* en leur assurant, leur jurant qu'ils allaient rire. Comme j'avais refusé il avait précisé que je n'avais pas le choix, je le payerais si je n'obéissais pas *Je t'éclate la gueule si tu le fais pas.* J'ai couru devant eux, humilié, avec l'envie de pleurer, cette sensation que mes jambes pesaient des centaines de kilos, que chaque pas était le dernier que je parviendrais à faire tellement elles étaient lourdes, comme les jambes de celui qui court à contre-courant dans une mer agitée. Ils ont ri.

À compter de mon arrivée dans l'établissement j'ai erré tous les jours dans la cour pour tenter de me rapprocher des autres élèves. Personne n'avait envie de me parler : le stigmate était contaminant ; être l'ami du *pédé* aurait été mal perçu.

J'errais sans laisser transparaître l'errance, marchant d'un pas assuré, donnant toujours l'impression de poursuivre un but précis, de me diriger quelque part, si bien qu'il était impossible pour qui que ce soit de s'apercevoir de la mise à l'écart dont j'étais l'objet.

L'errance ne pouvait pas durer, je le savais. J'avais trouvé refuge dans le couloir qui menait à la bibliothèque, désert, et je m'y suis réfugié de plus en plus souvent, puis quotidiennement, sans exception. Par peur d'être vu là, seul, à attendre la fin de la pause, je prenais toujours le soin de fouiller dans mon cartable quand quelqu'un passait, de faire semblant d'y chercher quelque chose, qu'il puisse croire que j'étais occupé et que ma présence dans cet endroit n'avait pas vocation à durer.

Dans le couloir sont apparus les deux garçons, le premier, grand aux cheveux roux, et l'autre, petit au dos voûté. Le grand aux cheveux roux a craché *Prends ça dans ta gueule.*

# La douleur

Ils sont revenus. Ils appréciaient la quiétude du lieu où ils étaient assurés de me trouver sans prendre le risque d'être surpris par la surveillante. Ils m'y attendaient chaque jour. Chaque jour je revenais, comme un rendez-vous que nous aurions fixé, un contrat silencieux. Je ne venais pas les affronter. Ce n'était ni le courage ni quelque forme de témérité qui me poussait à entrer dans le couloir – un petit couloir à la peinture blanche et écaillée, l'odeur des produits ménagers industriels utilisés dans les hôpitaux et les mairies.

Uniquement cette idée : ici, personne ne nous verrait, personne ne saurait. Il fallait éviter de recevoir les coups ailleurs, dans la cour, devant les autres, éviter que les autres enfants ne me considèrent comme celui qui reçoit les coups. Ils auraient confirmé leurs soupçons : *Bellegueule est un pédé puisqu'il reçoit des coups* (ou l'inverse, qu'importe). Je préférais donner de moi une image de garçon heureux. Je me faisais le meilleur allié du silence, et, d'une certaine manière, le complice de cette violence (et je ne peux m'empêcher de m'interroger, des années après, sur le sens du mot *complicité*, sur les frontières qui séparent la complicité de la participation active, de l'innocence, de l'insouciance, de la peur).

Dans le couloir je les entendais s'approcher, comme – ma mère me l'avait raconté un jour, je ne sais pas si elle disait vrai – les chiens qui peuvent reconnaître les pas de leur maître parmi mille autres, à des distances à peine imaginables pour un être humain.

Un sifflement déchire mes tympans quand ma tête heurte le mur de briques, je peine à garder l'équilibre. C'est l'époque où d'interminables maux de tête me paralysent des journées entières. Pensant, déjà à cet âge, que ma vie serait courte, je m'imaginais atteint d'une tumeur au cerveau (une jeune femme que j'avais vue dans le village périr lentement. D'abord, mince et grande, puis soudain, en quelques semaines, perdant ses cheveux, prenant des kilos. De plus en plus recroquevillée sur elle-même et bientôt promenée en fauteuil roulant par son mari. Difforme et dans l'incapacité de parler, elle mourut lors de cette première année au collège, l'hiver de mes dix ans).

Ils me tirent les cheveux, toujours la lancinante mélodie de l'injure *pédé*, *enculé*. Les vertiges, les touffes de cheveux blonds dans leurs mains. La peur, donc, de pleurer et de les énerver plus encore.

Je pensais que je finirais par m'habituer à la douleur. En un certain sens, les hommes s'habituent à la douleur, comme les ouvriers s'habituent aux maux de dos. Parfois, oui, la douleur reprend le dessus. Ils ne s'habituent pas tant que cela, ils s'en accommodent, apprennent à la cacher. Mes souvenirs de mon père qui, rattrapé par la douleur, hurlait, poussait des cris perçants dans la chambre à côté à cause de ses problèmes de dos, toute la nuit, pleurait même, et le médecin qui venait lui faire des piqûres de cortisone avant les questionnements anxieux de ma mère *Mais comment qu'on va faire pour le payer le toubib.* Ma mère qui disait (aussi) *Les maux de dos dans la famille c'est génétique et après avec l'usine c'est dur* sans s'apercevoir que ces problèmes étaient non pas la cause, mais la conséquence du caractère harassant du travail de l'usine.

Les femmes caissières – puisque ce sont des métiers plutôt réservés aux femmes, les hommes trouvent ça dégradant – qui s'habituent aux poignets, aux mains qui se paralysent, aux articulations érodées à l'âge où d'autres débutent des études, sortent le week-end, comme si la jeunesse n'était en rien une donnée biologique, une simple question d'âge ou de moment de la vie, mais plutôt une sorte de privilège réservé à ceux qui peuvent – de par leur situation – jouir de toutes ces expériences, de tous ces affects que l'on regroupe sous le nom d'*adolescence.* Ma cousine caissière comme beaucoup d'autres filles au village et dans les villages aux alentours devenaient caissières, à vingt-cinq ans déjà, me racontait qu'elle n'en pouvait plus

*J'en peux plus moi. Je suis à bout* sans trop se plaindre tout de même, elle ajoutait systématiquement qu'elle avait la chance de travailler, qu'elle n'était pas fainéante *Je peux pas dire que je suis malheureuse, j'en connais qui ont pas de boulot ou des métiers encore plus durs, je suis pas une feignasse, je vais tous les jours au travail, je suis toujours à l'heure là-bas.* Elle devait le soir tremper ses mains dans l'eau tiède pour apaiser ses articulations douloureuses, la *maladie des caissières.* Les nuits agitées à cause de son corps perclus de courbatures *J'ai des courbatures à me lever me baisser me lever me baisser.* On ne s'habitue pas tant que cela à la douleur.

Le grand roux et l'autre au dos voûté me mettent un ultime coup. Ils partaient subitement. Aussitôt ils parlaient d'autre chose. Des phrases du quotidien, insipides – et ce constat me blessait : je comptais moins dans leur vie qu'eux ne comptaient dans la mienne. Moi qui leur consacrais toutes mes pensées, mes angoisses, et ce dès le réveil. Leur capacité à m'oublier si vite m'affectait.

# Le rôle d'homme

Je ne sais pas si les garçons du couloir auraient qualifié leur comportement de violent. Au village les hommes ne disaient jamais ce mot, il n'existait pas dans leur bouche. Pour un homme la violence était quelque chose de naturel, d'évident.

Comme tous les hommes du village, mon père était violent. Comme toutes les femmes, ma mère se plaignait de la violence de son mari. Elle se plaignait surtout du comportement de mon père quand il était saoul *Ton père on sait jamais ce qui va se passer quand il a pris une cuite. Soit qu'il a l'alcool amoureux et là il est chiant, collant même, il me saoule avec ses bisous et ses Je t'aime ma biche, ou soit qu'il a l'alcool méchant. Il a quand même plus souvent l'alcool méchant, et moi j'en peux plus, parce qu'il arrête pas de m'appeler gros tas, la grosse ou la vieille. Il s'acharne contre mon dos.* Quelquefois, comme ce soir du réveillon de Noël où mon petit frère l'avait agacé en demandant à changer de chaîne télévisée, sa mauvaise humeur se muait en fureur. Ces jours-là il se levait. Il restait sur place, debout et immobile. Il serrait ses poings très fort et son visage devenait subitement violet. Aussi : les larmes qui envahissaient ses yeux (elles ne coulent qu'avec l'alcool, les autres jours il sait se tenir : être un homme, ne pas pleurer) et les murmures incompréhensibles. Il commençait par tourner autour de la table, à faire les cent pas. Pas les cent pas de l'homme qui s'ennuie, qui réfléchit, plutôt les cent pas d'un homme qui ne sait pas quoi faire de sa colère. Alors il se dirigeait vers un mur, un peu au hasard, il le frappait du poing avec force. Après vingt années passées dans cette maison, les murs étaient couverts de trous. Ma mère les cachait avec des dessins que mon petit frère et ma petite sœur lui rapportaient de l'école maternelle. Ses doigts, marron à cause du torchis quand il tapait dans le mur, se mettaient à saigner. Il s'excusait *J'ai beau être énervé, vous devez pas avoir peur, faut pas avoir peur de moi, je vous aime, vous êtes mes gosses et ma femme, faut pas s'inquiéter, je tape que sur les murs, je taperai jamais sur ma femme et sur mes gosses, je peux bousiller tous les murs de la maison mais je ferai pas comme mon enculé de père à bourlinguer sur la gueule de ma famille.*

L'obsession qu'il avait de maintenir à distance l'image de son père le conduisait à beaucoup en vouloir à mon grand frère, qui lui était violent, y compris avec ses proches. Il jugeait son comportement avec sévérité, voire une sorte de haine. Mon grand frère, après avoir obtenu son BEP maintenance, un diplôme pour former des ouvriers, avait arrêté de se rendre au lycée et vite commencé à boire. Il avait l'*alcool méchant*.

Nous l'avions su par l'une des filles qu'il fréquentait depuis plusieurs mois. Elle avait téléphoné à mes parents en pleine nuit avec insistance, jusqu'à les réveiller. Ma mère avait répondu. Je l'entendais – en raison de l'absence de portes – qui parlait dans la cuisine (salon, salle à manger…). Elle demandait de répéter, s'indignait, *Quoi, hein, répète, non mais c'est pas vrai, ah quel con.* Et puis des cris, des interjections de toutes sortes.

Elle a appelé mon père, abasourdie, choquée. C'était la première fois que cela arrivait, la première avant une interminable série de scènes exactement semblables – jusque dans les moindres détails.

Elle criait *Réveille-toi, il a encore fait des conneries, mais là c'est grave, franchement c'est grave. Il a bu et il a frappé sa copine, elle m'a dit au téléphone Je suis couverte de bleus et je saigne, je suis presque défigurée, elle m'a dit, Honnêtement j'aime votre fils, je vous respecte et je voudrais pas vous causer des emmerdements mais là je vais devoir porter plainte, je suis obligée parce que j'ai des enfants aussi, et moi à la rigueur qu'il me frappe, bon, mais alors pas mes enfants, j'ai peur pour mes gamins. Vous savez votre fils quand il a bu il est violent, il me tape et c'est pas la première fois, mais là il a été trop loin. Avant je vous le disais pas parce que je voulais pas vous tracasser.* La compagne de mon frère était allée voir un médecin pour qu'il constate les coups qu'elle avait reçus, les hématomes qui parsemaient son corps. Elle a porté plainte et mon frère a dû faire une fois de plus des travaux d'intérêt général.

Ma grande sœur avait vécu l'expérience à l'envers. C'était comme un miroir, une parfaite symétrie qui se serait dessinée entre elle et mon grand frère, entre le masculin et le féminin. Elle s'était liée à un garçon qui vivait à quelques rues de chez nous – les filles du village font souvent leur vie avec les garçons du village, ou habitant à quelques kilomètres. Il venait lui rendre visite en mobylette avant d'avoir une voiture. La mobylette était un moyen de drague pour les durs, qui impressionnaient les filles en roulant sur une seule roue ou en faisant des dérapages devant elles, en les faisant monter derrière eux *T'as vu elle est pas mal ma bécane.*

Ils s'étaient vite installés ensemble, dans un petit appartement – toujours dans le village, toujours à quelques rues. Il ne travaillait pas. Ma mère ne supportait pas cette relation, estimant qu'il était indécent qu'une femme doive subvenir aux besoins d'un homme *Elle peut quand même pas vivre avec un fainéant qui vit à ses crochets et qui profite de son argent. C'est lui l'homme de la maison.*

C'est ma mère qui s'est aperçue des coups que ce garçon portait à ma sœur. Elle revenait de la boulangerie du village où travaillait ma sœur comme vendeuse. Ma mère l'avait trouvée étrange, pas tout à fait en forme, livide *Elle était blanche comme mon cul*, et elle affirmait *Je crois, je suis pas sûre*

42

*mais je suis pas folle non plus, je suis presque certaine parce que c'est ma fille, je lui ai changé ses couches, je vois tout de suite ce qui va pas. Je suis pas idiote. J'ai vu qu'elle avait une marque en dessous de son œil, comme si l'autre il lui avait mis une raclée.*

Le lendemain ma sœur a rendu visite à mes parents. Elle venait regarder un film, échanger quelques mots avec ma mère *Au moins entre femmes on peut parler de chiffons.* Elle avait effectivement une marque violette et jaunâtre sous l'œil droit. Mes parents sont restés silencieux, seulement quelques minutes quand elle est arrivée, avant que mon père ne dise – il serait plus judicieux de dire *avant qu'il n'explose* – mais de manière faussement calme, sans élever la voix, avec une sorte de brutalité maîtrisée, de violence contrôlée *Et c'est quoi cette marque sous ton œil ?* La panique dans le regard de ma sœur, les bégaiements. Avant même qu'elle ait prononcé un mot nous savions déjà tous qu'elle s'apprêtait à mentir. Elle a dit que ce n'était pas grand-chose *C'est rien je me suis cognée contre un meuble en tombant des escaliers*, avant d'ajouter une plaisanterie pour masquer son embarras – puisque déjà elle s'était rendu compte que nous savions qu'elle mentait, *Enfin vous me connaissez je fais jamais attention à rien, qu'est-ce que je suis conne des fois.* Mon père continuait à la regarder, de plus en plus agacé, de moins en moins à même de masquer son état. La rage déformait son visage comme lorsqu'il tapait des poings sur les murs. Il lui a demandé si elle n'était pas en train de se moquer de lui. Il disait qu'il ne voulait plus la voir si elle continuait à fréquenter ce garçon et il ne l'a plus vue pendant plusieurs mois. Nous savions que sa réaction était disproportionnée : ma sœur n'était pas responsable. Mais il n'avait pas su maîtriser ses nerfs une fois de plus. Du reste, il essayait peu de le faire, et même, il s'en vantait *Moi je suis un nerveux, je me laisse pas faire, et quand je m'énerve, je m'énerve.* C'était son rôle d'homme. Il aimait par-dessus tout ces jours où c'était ma mère qui s'en chargeait, où c'est elle qui disait *De toute façon que veux-tu, il est comme ça Jacky c'est un homme, les hommes sont comme ça, il s'énerve facilement, il peut pas se calmer trop vite.* Ces jours-là il faisait semblant de ne pas entendre ma mère mais un sourire orgueilleux se dessinait sur ses lèvres.

Une seule fois il s'était retrouvé en porte-à-faux avec son rôle de dur, lors d'une bagarre qui avait éclaté entre lui et mon frère alors que, je l'ai dit, mon père mettait un point d'honneur à ne pas lever la main sur sa famille, contrairement à son père.

Nous rentrions de la fête foraine qui avait lieu en septembre au village (juste un ou deux manèges, pas une grande fête comme on les imagine). La fête était surtout le moment de l'année où les hommes pouvaient boire jusque très tard dans la nuit au café sans avoir à s'en justifier auprès des femmes, qui, c'était une situation banale quand ce n'était pas la fête, venaient chercher leur mari le soir au zinc du café quand il s'attardait *Et tes gosses qui t'attendent pour manger, et la paye de l'usine que tu dépenses pour picoler.*

Ce soir de fête mon père était resté au café avec mon grand frère et l'autre, le plus jeune.

Je n'étais pas avec eux du fait de l'horreur que m'inspirait cet endroit où les hommes saouls faisaient des commentaires sur l'actualité et les dernières histoires du village. Et leur haleine avinée quand ils me parlaient et couvraient mon visage de postillons, comme peuvent le faire des hommes ivres, des hommes qui, chaque fois, sans presque jamais déroger à la règle, finissaient par exprimer leur haine des homosexuels.

Mon père et mon grand frère buvaient ensemble quand soudain mon petit frère a disparu. Ils l'ont appelé. Ils ne se sont pas tout de suite inquiétés, ils se disaient qu'il devait probablement faire claquer des pétards à côté des manèges comme eux l'avaient fait des années auparavant. Les mêmes expériences que reproduisaient avec exactitude les habitants du village, génération après génération, et leur résistance à toute forme de changement *Y a que comme ça qu'on s'amuse vraiment.*

Progressivement la fête s'est vidée, le café aussi. Il n'y avait plus qu'une poignée de personnes. Mon père et mon grand frère ont alors commencé leurs recherches dans la nuit où les odeurs que dégageaient les forêts aux alentours resurgissaient. Un parfum de terre fraîche, humide, de champignons, de pins. Ils criaient son prénom *Rudy, Rudy*, sans réponse. Ils interrogeaient les autres *Vous l'aurez pas vu ?* créant soudainement une grande recherche qui mobilisa tous les habitants encore présents. On les voyait se répartir dans les rues du village dans lequel se propageait, comme un écho, le prénom *Rudy, Rudy*. Son prénom surgissait, fleurissait de toute part. Tout le village s'était mis à chanter ce nom et chaque *Rudy* prononcé en faisait naître d'autres, toujours plus nombreux.

Mon père s'inquiétait à cause de ces histoires d'enlèvements dont il entendait parler à la télévision. La pédophilie était un mythe qui tourmentait le village. Lorsque était évoquée au journal télévisé une affaire de pédophilie dans le Nord, près de chez nous, mes parents m'interdisaient de sortir de la maison pendant plusieurs jours. *Des mecs comme ça faut leur arracher les couilles, leur faire bouffer et après les tuer, je comprends pas pourquoi qu'on a interdit la peine de mort, ça vraiment c'était du n'importe quoi de faire ça, c'est pour ça que maintenant il y en a de plus en plus des violeurs* et ma mère *Ah oui, ça je comprends pas pourquoi qu'on tue plus des gens comme ça.* Ma mère s'était jointe à la recherche, pleurait et s'écriait *Ah mon fils, qu'est-ce qu'il lui arrive, il est quand même pas enlevé parce qu'on en voit de plus en plus des mecs qui enlèvent un enfant et qui après le violent ou le tuent.*

Quelqu'un nous a enfin appelés.

Mon petit frère était devant notre maison, assis sur l'escalier. Il a expliqué qu'il était fatigué. Il était venu ici se reposer en attendant le retour des autres. Mes parents pleuraient. Ils ont pris Rudy dans leurs bras en lui disant qu'il ne devait plus recommencer. Mon frère, le plus grand, s'est emporté. Il avait beaucoup trop bu. Il a questionné avec insistance mon petit frère ; pourquoi avait-il fait ça ? Mon petit frère ne disait rien, tétanisé devant ce monstre de chair qu'était mon grand frère, un mètre quatre-vingt-dix, cent dix kilos, peut-être plus, non pas un double mais un triple menton qui s'agitait quand il parlait. Il s'est adressé à mes parents pour leur reprocher leur laxisme *Une volée qui faut lui donner, une bonne branlée pour qu'il oublie pas, c'est que comme ça, y a que de cette façon-là qu'on devient un homme.* Il ne pouvait plus se taire ni se calmer, affirmant que lui, lorsqu'il était plus jeune, prenait des gifles quand il se comportait mal, qu'il n'avait pas été élevé de la même manière *Et pis même, la vie tout ça, c'était pas du tout la même chose. On avait moins d'argent et c'était la honte quand il fallait faire marquer ou quand on allait aux Restos du cœur pour chercher des colis de bouffe.*

(Nous nous y rendions une fois par mois, pour y chercher effectivement des colis de nourriture distribués aux familles les plus pauvres. Je devenais familier des bénévoles qui, quand nous venions, me donnaient toujours des tablettes de chocolat en plus de celle à laquelle nous avions droit *Ah, voilà notre Eddy, comment qu'il va ?* et mes parents qui m'exhortaient au silence *Faut pas le raconter, surtout pas, qu'on va comme ça aux Restos du cœur, ça doit rester en famille.* Ils ne réalisaient pas que j'avais compris depuis bien longtemps, sans qu'ils aient besoin de me le dire, la honte que cela représentait, que je n'en aurais parlé pour rien au monde.)

*Aux Restos du cœur, ou quand on mangeait tous les jours les poissons que papa il pêchait parce qu'on pouvait pas acheter de la viande, ça, eux, ils ont pas connu. Que des fois ça arrivait, on devait faire la manche.* Il mentait, l'alcool le faisait mentir. Il n'avait jamais été contraint à faire la manche. *Nous on a été élevés à la dure, pas comme des chochottes, et quand on faisait n'importe quoi ça passait pas, pas si facilement. Et regardez ce que ça fait.* Il s'est tourné vers moi, les yeux injectés de sang, la bave qui coulait sur ses joues, et ses rots, sur le point de vomir à chaque parole qu'il prononçait. *Regardez Eddy comment que vous l'avez élevé, et comment il est maintenant. Il se conduit comme une gonzesse.*

J'ai feint l'étonnement, comme chaque fois, de sorte que les autres puissent penser que c'était la première fois qu'on m'adressait des propos comme ceux-là. Une erreur de diagnostic. Que mon frère était fou, et que si ma mère ou mon père avaient déjà pensé la même chose, cela devait être une maladie de famille.

Il souhaitait éviter que mon petit frère ne devienne à son tour, comme moi, une gonzesse. Et j'avais vécu la même angoisse. Mon grand frère ne le savait pas, mais je ne voulais pas que Rudy reçoive des coups à l'école et j'étais obsédé par l'idée de faire de lui un hétérosexuel. J'avais entrepris dès son plus jeune âge un véritable travail : je lui répétais sans arrêt que les garçons aimaient les filles, parfois même que l'homosexualité était quelque chose de dégoûtant, de *carrément dégueulasse*, qui pouvait mener à la damnation, à l'enfer ou à la maladie.

Tout à coup il s'est précipité vers moi, il criait *Je vais te buter toi, je vais te buter.* Ma mère s'est ruée sur lui pour me protéger. Quand elle racontera cette histoire, elle dira qu'elle ne se laisse pas faire, ce n'est pas parce qu'elle est une femme qu'elle est effrayée *Moi même d'un mec j'ai pas peur, pourtant il est carré ton frère, il est rudement baraqué, mais je suis pas comme ceux qui ont pas de couilles et qui restent là sans rien faire.*

Elle s'est interposée et l'a retenu avant qu'il n'ait le temps de me frapper. Elle essayait de le faire taire, criant plus fort que lui pour couvrir ses hurlements, si fort que sa voix se déchirait *Alors ça non, tu touches pas à ton petit frère, tu lui fais pas de mal, il manquerait plus que ça, que tu tapes ton petit frère. Calme-toi, calme-toi. En plus, t'as pas à me dire comment je dois élever mes gosses, j'ai élevé mes cinq gosses et c'est pas toi qui vas venir me dire ce que je dois faire ou pas faire, on verra quand t'auras les tiens.* Mon frère me fixait et brandissait ses poings, tentant d'écarter ma mère qui résistait. Ma mère l'empêchant de parvenir à ses fins, il l'a repoussée, calmement d'abord, puis plus violemment ou du moins avec de plus en plus de brutalité. *Tu touches pas à ton frère, tu touches pas à ton frère.* Il a levé la main sur elle. C'est mon père qui, à son tour, s'est interposé. Je ne saurais dire ce qu'il faisait pendant ce temps, pendant que ma mère retenait mon frère. Je pense qu'il criait lui aussi pour lui demander de cesser. Il avait dû penser que ma mère serait plus à même de le calmer. Il pensait que les femmes étaient dotées d'un caractère plus doux que celui des hommes, comme l'attestaient les scènes où les femmes séparaient leurs maris qui se battaient à la sortie du café (*Maintenant c'est fini, c'est terminé les conneries, vous arrêtez de vous mettre sur la gueule*, et les maris qui continuaient à se débattre tandis que les femmes les agrippaient par les bras *Lui je vais lui déchirer sa gueule, je vais le défigurer* avant de retrouver leurs esprits et de dire aux femmes *Pardon chérie, pardon j'aurais pas dû m'énerver comme ça, mais l'autre là il m'a cherché, il m'a vraiment cherché, je pouvais pas me laisser faire*).

Mon père a écarté mon frère juste à temps pour l'empêcher d'atteindre ma mère. Ce n'était pas tant la colère que cet engrenage impensable qui le poussait à demander à mon frère ce qui lui arrivait, pourquoi il voulait me tuer et porter des coups sur sa propre mère. Il l'a ensuite imploré ; j'assistais à cette scène, déstabilisé : je n'avais pas l'habitude de voir mon père implorer quelqu'un, encore moins ses enfants, à qui il rappelait presque chaque jour son autorité *Sous ce toit c'est moi qui commande.* Il lui a demandé de se détendre, le rassurant : il avait été élevé de la même manière que nous les plus jeunes, la même éducation. Il lui jurait que jamais aucun privilège ne nous avait été accordé *J'ai pas fait de différences entre vous* quand bien même il n'était pas le *père biologique* de mon grand frère et de ma grande sœur. Il lui disait qu'il les avait aimés autant que nous *Et quand on a eu Eddy, les autres, les gens de ma famille ils disaient Ah tu dois être content Jacky c'est ton premier gosse et en plus, t'as bien de la chance c'est un garçon, et moi je leur répondais, Non, non. Eddy c'est pas mon premier gosse, parce que j'en ai deux autres qui sont plus grands, et c'est pas des demi-gosses. Soit on a des gosses ou on en a pas, mais pas des demi-gosses ça c'est pas possible. Ça existe pas.*

Mon grand frère Vincent ne l'écoutait pas. Il s'entêtait, aboyait, balbutiait, m'adressait des injures de toutes sortes pendant le monologue de mon père. C'en était trop pour lui. Il voulait parvenir à son but, m'atteindre enfin. Ma mère a senti ce changement, cette volonté soudaine d'accélérer l'action (quand elle racontera cette histoire : *Moi je l'ai vu tout de suite qu'à ce moment-là ça allait dégénérer, Vincent j'ai l'habitude de son caractère, c'est moi qui l'a mis au monde*), elle m'a demandé de me réfugier dans les toilettes et de m'y enfermer, de fermer la porte à clef *Eddy cours dans les chiottes et ferme la porte à clef.* L'impatience de Vincent a pris le dessus. Il a frappé mon père. Mon père ne voulait pas se défendre, il refusait, ne voulait pas battre son fils. Il lui avait mis des gifles parfois, comme à moi, pour le punir, quand mon frère lui avait mal parlé, la *crise d'adolescence*… mais il ne voulait pas le frapper dans ce contexte, pas participer à une véritable bagarre avec son fils. Il s'est laissé faire dans un premier temps, en essayant seulement de le retenir, d'amortir les coups le plus possible. J'étais dans les toilettes, tremblant, je n'ai pas vu tout ça. Ma mère me l'a raconté le lendemain.

Puis la bagarre. Mon père a été contraint à se défendre. J'entendais les voix qui se mêlaient, les hurlements de ma mère suppliant mon frère de ne pas taper mon père, d'arrêter, et lui mon père, désemparé, en larmes, qui se contentait d'interroger l'autre entre deux cris de douleur (les problèmes de dos) *Mais qu'est-ce qui t'arrive ? Qu'est-ce qui t'arrive ?* Vincent enfin *Vous êtes pas mes parents, crevez j'en ai rien à foutre, vous pouvez crever.*

Je n'ai plus entendu Vincent. Il avait pris la fuite, ayant, tout à coup, compris la gravité de la situation. Quand je suis sorti des toilettes, mon père sanglotait, allongé sur le sol. Il ne pouvait plus se lever ni se déplacer. Je voyais la tension dans son corps immobile, particulièrement dans ses yeux, c'est là qu'apparaît la tension quand un corps est soudainement paralysé, ses efforts vains pour se lever *Putain je vais plus jamais pouvoir marcher de ma vie, je le sens, bordel je le sens.* Ma mère m'a demandé, la respiration précipitée, paniquée, horrifiée, comme si je pouvais encore voir l'ombre de Vincent dans son regard, de l'aider à relever mon père. J'avais l'habitude de porter mon oncle paralysé lorsqu'il tombait de son lit d'hôpital. Prendre ses jambes pendant que quelqu'un d'autre prenait ses bras. Nous avons essayé de le soulever, sans succès. *Une belle bête*, disait ma mère. Il poussait des cris au moindre déplacement de son corps.

Ma mère m'a dit que nous devions appeler le médecin, nous n'avions pas le choix, le dos de mon père était bloqué et elle savait, il n'y avait que les piqûres qui pourraient le soulager.

L'arrivée du médecin, à peine une heure après. Il lui a fait des piqûres, conformément à ce qu'avait prédit ma mère. Mon père resta allongé dans cette position pendant plus de dix jours, et le médecin revenait quotidiennement le piquer et le rassurer, *Ça va aller monsieur Bellegueule.* Sa réponse, *Ah non, j'crois pas du tout, je crois que là docteur, soit je vais rester toute ma vie comme un légume, soit que je vais y rester tout court.*

Ma mère m'avait averti un après-midi, alors qu'il attendait le médecin, que mon père souhaitait me dire quelque chose. J'étais surpris, habitué au silence entre lui et moi. Elle aussi avait pris une voix étonnée en levant les yeux au ciel. Je suis allé dans la chambre.

Je me suis approché. Mon père m'a tendu quelque chose, une bague, son alliance. Il m'a invité à la mettre, à en prendre soin *Parce que là je le sens, faut que je te le dise, papa va mourir, je le sens que là je vais pas tenir bien longtemps. Faut que*

53

*je te dise aussi un truc, c'est que je t'aime et que t'es mon fils, quand même, mon premier gamin.* Je n'avais pas trouvé ça, comme on pourrait le penser, beau et émouvant. Son *je t'aime* m'avait répugné, cette parole avait pour moi un caractère incestueux.

# Portrait de ma mère au matin

Il y a ma mère. Elle ne voyait pas ce qui m'arrivait au collège. Elle me posait parfois des questions d'un air détaché et distant pour savoir comment s'était passée ma journée. Elle ne le faisait pas souvent, ça ne lui ressemblait pas. C'était une mère presque malgré elle, ces mères qui ont été mères trop tôt. Elle avait dix-sept ans, elle est tombée enceinte. Ses parents lui ont dit que ce n'était pas prudent ni très adulte comme comportement *T'aurais pu faire plus gaffe.* Elle a dû interrompre son CAP cuisine et sortir du système scolaire sans diplôme *J'ai dû arrêter mes études, pourtant j'avais des capacités, j'étais très intelligente, et j'aurais pu faire des grandes études, continuer mon CAP et faire des autres trucs après.*

Tout se passe comme si, dans le village, les femmes faisaient des enfants pour devenir des femmes, sinon elles n'en sont pas vraiment. Elles sont considérées comme des lesbiennes, des frigides.

Les autres femmes s'interrogent à la sortie de l'école *L'autre elle a toujours pas fait de gosses à son âge, c'est qu'elle est pas normale. Ça doit être une gouinasse. Ou une frigide, une mal-baisée.*

Plus tard je comprendrai que, ailleurs, une femme accomplie est une femme qui s'occupe d'elle, d'elle-même, de sa carrière, qui ne fait pas d'enfants trop vite, trop jeune. Elle a même parfois le droit d'être lesbienne le temps de l'adolescence, pas trop longtemps mais quelques semaines, quelques jours, simplement pour s'amuser.

Ma sœur, incisive, au caractère très dur (devoir, comme ma mère, être une femme de caractère pour survivre dans un monde masculin), se plaignait de ce rôle de mère que ma mère laissait à l'abandon, lui reprochant de n'avoir jamais rien fait à deux, de n'avoir rien partagé avec elle, faire les magasins et toutes ces choses que toutes les mères et les filles devraient faire ensemble. Et ma mère, qui, à cause de la honte, se mettait en colère, repoussait la conversation *M'emmerde pas* ou restait silencieuse devant les remarques de ma sœur, avant de me dire, à part, qu'elle ne comprenait pas pourquoi ma sœur était si *méchante* avec elle, qu'elle aurait aimé faire, comme elle disait, du *shopping* avec sa fille, mais que – *et ta sœur le voit bien, on vit sous le même toit quand même, elle est pas sotte* – la fatigue l'en empêchait, tout ce qu'elle avait à faire à la maison, s'occuper des petits frère et sœur, préparer les repas et faire le ménage, que, de toute manière, il aurait été inutile de passer ses journées dans les boutiques puisqu'elle n'aurait rien pu acheter.

Ma mère fumait beaucoup le matin. J'étais asthmatique et de terribles crises m'assaillaient parfois, me poussant dans un état plus proche de la mort que de la vie. Certains jours je ne pouvais pas m'endormir sans avoir l'impression que je ne me réveillerais pas, il me fallait mobiliser des efforts colossaux et indescriptibles pour remplir mes poumons d'un peu d'oxygène. Ma mère, quand je lui disais que la cigarette accentuait mes difficultés à respirer, s'emportait *On voudrait nous faire arrêter de fumer mais toutes les merdes, toute la fumée qui sort de l'usine et qu'on respire, c'est pas mieux alors c'est pas les clopes le pire, c'est pas ça qui va changer quelque chose.* Elle s'emportait et s'énervait sans cesse.

C'était une femme souvent en colère. Elle protestait dès qu'elle en avait l'occasion, toute la journée elle proteste contre les hommes politiques, les réformes qui réduisent les aides sociales, contre le pouvoir qu'elle déteste au plus profond d'elle-même. Pourtant, ce pouvoir qu'elle déteste, elle l'appelle de ses vœux quand il s'agit de sévir : sévir contre les Arabes, l'alcool et la drogue, les comportements sexuels qu'elle juge scandaleux. Elle dit souvent *Il faudrait un peu d'ordre dans ce pays.*

Des années après, lisant la biographie de Marie-Antoinette par Stefan Zweig, je penserai aux habitants du village de mon enfance et en particulier à ma mère lorsque Zweig parle de ces femmes enragées, anéanties par la faim et la misère, qui, en 1789, se rendent à Versailles pour protester et qui, à la vue du monarque, s'écrient spontanément

*Vive le roi !* : leurs corps – ayant pris la parole à leur place – déchirés entre la soumission la plus totale au pouvoir et la révolte permanente.

C'est une femme en colère, cependant elle ne sait pas quoi faire de cette haine qui ne la quitte jamais. Elle proteste seule devant sa télévision ou avec les autres mères à la sortie de l'école.

La scène quotidienne qu'il faut imaginer : une petite place (nouvellement goudronnée), un monument en hommage aux morts de la Première Guerre mondiale comme il en existe dans de nombreux villages, recouvert de mousse et de lierre à sa base. L'église, la mairie et l'école qui encerclent la place. La place, déserte la plupart du temps. Les femmes s'y retrouvent chaque jour vers midi pour récupérer les enfants qui sortent de classe. Elles ne travaillent pas. Quelques-unes travaillent, mais la plupart du temps elles gardent les enfants *Je m'occupe des gosses* et les hommes travaillent, ils *bossent* à l'usine ou ailleurs, le plus souvent à l'usine qui employait une grande partie des habitants, l'usine de laiton dans laquelle mon père avait travaillé et qui régissait toute la vie du village.

Elle allumait la télévision, chaque matin. Tous les matins se ressemblaient. Quand je me réveillais, la première image qui m'apparaissait était celle des deux garçons. Leurs visages se dessinaient dans mes pensées, et, inexorablement, plus je me concentrais sur ces visages, plus les détails – le nez, la bouche, le regard – m'échappaient. Je ne retenais d'eux que la peur.

Je n'étais pas capable de me concentrer et ma mère ne pouvait pas – j'entends : n'était vraiment pas en mesure de – imaginer qu'on pouvait se désintéresser de la télévision. La télévision avait de tout temps fait partie de son paysage. Nous en avions quatre dans une maison de petite taille, une par chambre et une dans l'unique pièce commune, et l'apprécier ou ne pas l'apprécier n'était pas une question qui se posait. La télévision s'était, comme le langage ou les habitudes vestimentaires, imposée à elle. Nous n'achetions pas les téléviseurs, mon père les récupérait à la décharge et les réparait. Quand, au lycée, je vivrai seul en ville et que ma mère constatera l'absence de télévision chez moi elle pensera que je suis fou – le ton de sa voix évoquait bel et bien l'angoisse, la déstabilisation perceptible chez ceux qui se trouvent subitement confrontés à la folie *Mais alors tu fous quoi de tes journées si t'as pas de télé ?*

Elle insistait pour que je regarde la télévision comme mes frères et sœurs *Regarde les dessins animés ça fait du bien, ça fait déstresser avant d'aller à l'école. Je sais pas pourquoi l'école ça te fait cet effet-là, ça sert à rien. Calme-toi.*

Face à mes bouffées de stress matinales, ma mère avait fini par s'inquiéter et appeler le médecin.

Il avait été décidé que je prendrais des gouttes plusieurs fois par jour pour me calmer (mon père s'en moquait *Comme dans les asiles de dingues*).

Ma mère répondait, quand la question lui était posée, que j'étais nerveux depuis toujours. Peut-être même hyperactif. C'était l'école, elle ne comprenait pas pourquoi j'accordais tant d'importance à ça. Elle me disait qu'à force d'être si angoissé, de m'agiter sur ma chaise, je l'angoissais elle-même, alors elle fumait encore plus dans la petite pièce commune quand de mon côté j'essayais de rester concentré sur les dessins animés. Elle toussait, sa toux de plus en plus violente, *Je vais finir par crever si ça continue. Je te le dis, ça sent le sapin.*

Parfois j'étais saisi de tremblements, des frissons qui se déplaçaient du bas de mon dos jusqu'à ma nuque, imperceptibles pour ma mère tandis que j'avais, moi, l'impression d'être agité d'irrépressibles convulsions. Je pensais pouvoir maîtriser le temps. J'effectuais chacun des gestes matinaux (les toilettes, préparer un chocolat chaud – avec de l'eau quand le lait manquait –, se brosser les dents – pas toujours –, se laver, ne pas prendre de douche, ma mère me mettait en garde. Elle me répétait *On peut pas se laver tous les jours, prendre la douche, on a pas assez d'eau chaude. On a qu'un petit ballon d'eau chaude et une famille de sept personnes, c'est beaucoup, beaucoup trop pour un tout petit ballon riquiqui. Et commence pas à l'ouvrir Bellegueule-Grandegueule, à vouloir dire quelque chose, me répondre. On répond pas à sa mère on fait ce qu'elle dit. Point barre. Me réponds pas que t'as qu'à remettre le ballon en route après ton bain, je te vois déjà ouvrir la bouche pour le dire et faire le malin. Je te connais. Tu sais bien le prix de l'eau, de l'électricité, on a pas les moyens de payer comme ça* – et cette plaisanterie que ma mère ne peut jamais s'empêcher de faire : *J'ai des factures à payer, j'ai pas d'amant à l'EDF moi.* Les jours de bain, ma mère exigeait que nous ne vidions pas l'eau de la baignoire après en être sortis, pour que les cinq enfants de la famille puissent s'y laver tour à tour sans consommer plus d'eau et d'électricité. Le dernier – et je faisais tout ce qui était en mon pouvoir pour éviter de l'être – héritait alors d'une eau marron et crasseuse).

J'effectuais chacun de ces gestes quotidiens le plus lentement possible. Retarder artificiellement le moment de l'arrivée dans la cour de l'établissement puis dans le couloir. L'espoir renouvelé, tous les jours, sans vraiment y croire, de rater le car qui nous menait au collège. Un mensonge à moi-même.

Plusieurs fois par mois ma mère m'autorisait à ne pas y aller afin que je puisse la suppléer dans ses tâches ménagères *Demain tu vas pas à l'école mais tu m'aides à nettoyer la maison, parce que j'en ai marre d'astiquer tout le temps, de tout faire ici. J'en ai marre d'être l'esclave dans cette baraque.* Elle m'autorisait à ne pas y aller si j'aidais mon père à couper du bois pour l'hiver et à stocker les bûches dans un hangar conçu spécialement à cet effet par lui et mon oncle – les hivers du Nord, longs et difficiles, qui demandent plusieurs semaines de préparation à cause de la mauvaise isolation des maisons et des chauffages à bois – ou si je veillais sur mes petits frère et sœur, Rudy et

Vanessa, pendant qu'elle passait la soirée chez la voisine. Elle rentrait ivre avec la voisine, elles se faisaient des blagues lesbiennes *Je vais te bouffer la chatte ma salope.* Manquer l'école constituait une récompense.

Une autre voisine, Anaïs, qui voulait me marquer sa sympathie, venait me chercher pour faire le chemin avec elle jusqu'à l'arrêt de car. Je ne savais pas comment lui faire comprendre que je détestais cette attention. Elle me faisait presser le pas quand j'aurais voulu aller le plus lentement possible, faire des détours. Étant une fille, Anaïs avait plus de facilités à m'accorder son amitié. On pardonne plus facilement les filles de parler aux pédés. À cette période, mes rares amis étaient en fait des amies. Amélie ou Anaïs, je les retrouvais à l'arrêt de car ou dans les champs qui entouraient le village pour jouer quelques heures. Ma mère, perturbée par ces fréquentations (les petits garçons devraient avoir des copains pour jouer au football, pas des copines), essayait de se rassurer et de rassurer notre entourage. Cependant je percevais, plus que de l'incertitude, une forme de malaise quand elle s'exprimait sur le sujet. Elle disait aux autres femmes, comme pour écarter, faire disparaître ce qu'elle avait l'habitude de formuler, le reste du temps, en privé *Eddy c'est un vrai don Juan, tu le verras toujours avec des filles, jamais avec des garçons. Elles veulent toutes de lui. Ce qui est sûr c'est qu'il sera pas pédé celui-là.* Anaïs était de toute façon une fille un peu particulière qui se moquait de ce que disaient les autres. Elle avait appris à s'en moquer à force d'entendre les propos sur sa mère tenus par les femmes sur la place *Ta mère elle se fait sauter par tout le monde, elle trompe ton père, tout le monde l'a vue coucher avec les ouvriers du chantier de la mairie. C'est une pute.*

Nous passions, Anaïs et moi, devant l'usine, devant les ouvriers qui fumaient des cigarettes avant de commencer leur journée ou pendant la pause quand ils avaient débuté le travail au milieu de la nuit. Ils fumaient en toutes circonstances, au milieu du brouillard si caractéristique du Nord ou sous la pluie. Pour ceux qui n'avaient pas encore véritablement entamé leur journée, leurs visages – leurs gueules –, leurs gueules étaient déjà creusées, ravagées par la fatigue alors même qu'ils n'avaient pas commencé à travailler. Néanmoins, ils riaient, des plaisanteries sur les femmes ou sur les Arabes, celles qu'ils préfèrent. Je les regardais, me projetais au même endroit, impatient, avec l'idée de cesser l'école le plus rapidement possible, comptant plusieurs fois par semaine, plusieurs fois par jour, le nombre d'années qui me séparaient de ma seizième année, celle où enfin je pourrais ne plus emprunter la route de l'école, pensant que quand je serais là, à l'usine, je gagnerais de l'argent et n'irais plus au collège. Je ne verrais plus les deux garçons. Ma mère ne pouvait masquer son irritation quand je lui faisais part de mon désir de me déscolariser dès l'âge de seize ans *Je te préviens que tu vas y filer à l'école, parce que, si t'y vas plus, on va*

*me sucrer les allocations familiales, et ça je peux
pas me le permettre.*

Si, ces jours-là, c'était l'urgence du quotidien
(l'argent qui manquait) qui donnait l'impulsion à ses
réactions les plus spontanées, elle exprimait aussi,
de façon régulière, son désir de me voir faire des
études, aller plus loin qu'elle, presque suppliante *Je
veux pas que tu galères comme moi dans la vie, moi
j'ai fait n'importe quoi et je regrette, je suis tombée
en cloque à dix-sept ans. Moi après j'ai galéré, je
suis restée là et j'ai jamais rien fait. Pas de voyages
ni rien. J'ai passé toute ma vie à faire le ménage à
la maison et à nettoyer soit la merde de mes gosses
soit la merde des vieux que je m'occupe. J'ai fait
des conneries.* Elle pensait avoir fait des erreurs,
avoir barré la route, sans vraiment le souhaiter, à
une meilleure destinée, une vie plus facile et plus
confortable, loin de l'usine et du souci permanent
(plutôt : l'angoisse permanente) de ne pas gérer
correctement le budget familial – un seul faux pas
pouvait conduire à l'impossibilité de manger à la fin
du mois. Elle ne comprenait pas que sa trajectoire, ce
qu'elle appelait ses *erreurs*, entrait au contraire dans
un ensemble de mécanismes parfaitement logiques,
presque réglés d'avance, implacables. Elle ne se
rendait pas compte que sa famille, ses parents, ses
frères, sœurs, ses enfants même, et la quasi-totalité
des habitants du village, avaient connu les mêmes
problèmes, que ce qu'elle appelait donc des *erreurs*
n'étaient en réalité que la plus parfaite expression
du déroulement normal des choses.

# Portrait de ma mère
# à travers ses histoires

Ma mère passait beaucoup de temps à me raconter certains épisodes de sa vie ou de la vie de mon père. Sa vie l'ennuyait et elle parlait pour combler le vide de cette existence qui n'était qu'une succession de moments d'ennui et de travaux éprouvants. Elle est longtemps restée *mère au foyer*, comme elle me demandait de l'écrire sur les papiers officiels. Elle se sent insultée, salie par le *sans profession* imprimé sur mon acte de naissance. Quand mon petit frère et ma petite sœur ont été assez grands pour se prendre en charge seuls, elle a voulu travailler. Mon père trouvait ça dégradant, comme une remise en cause de son statut d'homme ; c'était lui qui devait ramener la paye au foyer. Elle le souhaitait ardemment, en dépit de la dureté des métiers auxquels elle pouvait prétendre : l'usine, le ménage ou les caisses du supermarché. Elle s'est débattue. D'une certaine manière, elle s'est aussi débattue contre elle-même, contre cette force insaisissable, innommable, qui la poussait à penser qu'il était dégradant pour une femme de travailler quand son mari, lui, était acculé au chômage

65

(mon père avait perdu son travail à l'usine, j'y reviendrai). Après de longues discussions, mon père a finalement accepté et elle s'est mise à faire la toilette des personnes âgées, se déplaçant dans le village avec son vélo rouillé de maison en maison, vêtue d'un anorak rouge ayant appartenu à mon père plusieurs années auparavant, rongé par les mites et évidemment (la carrure de mon père) trop grand pour elle. Les femmes du village en riaient *Elle a de l'allure la mère Bellegueule avec son anorak trop grand*. Quand un jour ma mère a gagné plus d'argent que mon père, un peu plus de mille euros tandis que lui en gagnait à peine sept cents, il n'a plus supporté. Il lui a dit que c'était inutile et qu'elle devait arrêter, que nous n'avions pas besoin de cet argent. Sept cents euros pour sept suffiraient.

Elle me parlait beaucoup, de longs monologues ; j'aurais pu mettre quelqu'un d'autre à ma place, elle aurait continué son histoire. Elle ne cherchait que des oreilles pour l'écouter et ignorait toutes mes remarques. J'allumais la télévision alors qu'elle m'adressait la parole. Elle ne se déstabilisait pas, elle continuait. J'augmentais le son. Rien n'y faisait. Mon père ne supportait plus *Ah tu nous saoules la grosse, qu'est-ce que t'es pipelette*. Elle monologuait comme les femmes sur la place du village, de sorte qu'il aurait été possible de croire que c'était une maladie qui se propageait chez ces femmes. Quand elles se retrouvaient sur la place devant l'école, se

66

produisait un enchaînement d'interminables tirades superposées, sans que personne s'écoute vraiment.

Une histoire qu'elle racontait souvent à qui voulait bien l'entendre : avant de me mettre au monde elle avait perdu un enfant. Elle ne s'y attendait pas, elle avait perdu l'enfant dans les toilettes, c'était arrivé comme ça, sans prévenir, un après-midi où elle essayait de nettoyer la maison, où la poussière ne disparaissait jamais tout à fait – la faute des champs d'à côté et des tracteurs qui passaient tout le jour, qui laissaient sur leur passage des montagnes de terre, la terre qui s'infiltrait dans la maison, les murs de la maison qui s'effritaient, le ton désespéré de ma mère *J'ai beau nettoyer, c'est jamais propre, ça donne pas envie de faire des efforts une baraque aussi pourrite.*

*Il est tombé dans les chiottes.*
C'était une anecdote qui, des années plus tard, l'amusait beaucoup. Son sourire mettait en évidence sa peau vieillie, jaunie, sa voix devenue grave, rauque, à cause de la cigarette, sa voix trop forte aussi, les autres lui disaient (et j'étais certains jours autorisé à le faire par mon père) *Arrête de gueuler quand tu parles. Ta gueule la mouette, la mer est basse.*
Ma mère est une femme qui aime rire. Elle insistait lourdement sur ce point *Moi j'aime bien me marrer, je joue pas à la madame, je suis simple.*
J'ignore ce qu'elle ressentait quand elle me disait

de telles choses. Je ne sais pas si elle mentait, si elle souffrait. Pourquoi sinon devait-elle le répéter si souvent, comme une justification ? Peut-être qu'elle voulait dire que, c'est évident, elle n'est pas une *madame* parce qu'elle ne peut pas en être une. *Être une femme simple*, si finalement la fierté n'est pas la première manifestation de la honte. Ce qu'elle expliquait également, de temps à autre, *Vous comprenez, quand on a pour métier le devoir de laver des culs de vieux*, c'est l'expression qu'elle utilisait, *dans la vie je lave des culs de vieux, des vieux en train de mourir* (la plaisanterie, toujours la même, à ce moment du récit *Suffit d'une canicule ou d'une épidémie de grippe et je me retrouve au chômage*), les mains *dans la merde* tous les soirs pour gagner à peine de quoi remplir le réfrigérateur, le *frigo* (les regrets que ma mère ne pouvait s'empêcher d'exprimer *Cinq enfants, j'aurais dû m'arrêter avant, sept personnes à nourrir c'est trop dur*). Les difficultés à parler correctement le français à cause d'une expérience malheureuse, humiliante, du monde scolaire *J'ai pas pu avec ton frère, et de toute façon j'aimais pas trop ça*. Elle ne disait pas toujours *J'aurais pu faire de grandes études, j'aurais pu avoir un CAP*, elle disait, cela arrivait, que l'école ne l'avait de toute façon jamais vraiment intéressée. Il m'a fallu des années pour comprendre que son discours n'était pas incohérent ou contradictoire mais que c'était moi, avec une sorte d'arrogance de transfuge, qui essayais de lui imposer une autre cohérence, plus compatible avec mes valeurs – celles que j'avais précisément acquises en me construisant contre mes parents, contre ma famille –, qu'il n'existe d'incohérences que pour celui qui est incapable de reconstruire les logiques qui produisent les discours et les pratiques. Qu'une multitude de discours la traversaient, que ces discours parlaient à travers elle, qu'elle était constamment tiraillée entre la honte de n'avoir pas fait d'études et la fierté de tout de même, comme elle disait, *s'en être sortie et avoir fait de beaux enfants*, que ces deux discours n'existaient que l'un par rapport à l'autre.

La honte de vivre dans une maison qui semblait s'écrouler un peu plus chaque jour *C'est pas une baraque c'est une ruine.*

Bref, peut-être que ce qu'elle voulait dire, c'est *Je ne peux pas être une madame, même si je le souhaitais.*


Elle me racontait, le son de sa voix toujours plus fort à mesure que montait en elle l'excitation (quelque chose dont je souffrirai quand je quitterai ma famille pour la ville – mes amis au lycée me demanderont incessamment de parler moins fort ; j'enviais terriblement la voix calme et posée des jeunes hommes de bonne famille), elle me racontait qu'elle avait eu une subite envie d'aller aux toilettes *Je pensais que j'étais constipée, ça me faisait mal au ventre comme quand je suis constipée. J'ai couru jusque dans les chiottes, et c'est là que j'ai entendu le bruit, le plouf. Quand j'ai regardé, j'ai vu le gosse, alors je savais pas quoi faire, j'ai eu peur, et, comme une conne, j'ai tiré la chasse d'eau, je*

69

*ne savais pas quoi faire moi. Le gosse il voulait pas partir donc j'ai pris la brosse à chiotte pour le faire dégager en même temps que je tirais la chasse d'eau. Après j'ai appelé le médecin, il m'a dit d'aller tout de suite à l'hôpital, il m'a dit que peut-être c'était grave, y m'a auscultée, mais rien de grave.*

Elle et mon père ont multiplié les tentatives de refaire un enfant. C'était une priorité pour mon père *Il voulait vraiment un gosse, c'est un homme, et tu sais, les hommes avec leur fierté, il voulait avoir une famille, lui qui était le préféré de sa mère et de ses frères et sœurs, pas de son père, il pouvait pas lui il était en prison, il voulait avoir un gosse, bon, il voulait une petite fille, mais on t'a eu toi, il voulait l'appeler Laurenne, j'avais râlé, je veux plus de fille, plus de pisseuse, et donc on t'a eu toi vu qu'on avait perdu l'autre. Ton père il l'a mal pris d'avoir perdu le premier gosse, il a mis du temps à s'en remettre. Il arrêtait pas de pleurer. Ça a pas été trop dur, parce que je suis une bonne reproductrice, je suis quand même tombée enceinte alors que j'avais un stérilet, et j'ai eu des jumeaux* (mes petits frère et sœur), *alors bon, et, ça reste entre nous, mais ton père il a un sacré engin.*

Je ne l'ignorais pas.

Je voyais souvent mon père nu à cause de la petite taille de la maison, de l'absence de porte entre les pièces – simplement des plaques de placoplâtre et des rideaux pour séparer les chambres, pas les moyens de mettre des portes ni de vrais murs. L'impudeur de mon père. Il disait aimer être nu et je le lui repro-

chais. Son corps m'inspirait une profonde répulsion
*J'aime bien me balader à poil, je suis chez moi je
fais ce que je veux. Jusqu'alors dans cette maison
c'est moi le père, moi qui commande.*

# La chambre de mes parents

La chambre de mes parents était éclairée par les réverbères de la rue. Les volets, usés par les années, le froid et la pluie du Nord, laissaient pénétrer une lumière faible permettant seulement d'apercevoir des ombres se mouvoir. La pièce sentait l'humidité, une odeur de pain rassis. La lumière filtrée permettait par ailleurs de voir la poussière volante, comme flottante, comme se mouvant dans un autre temps qui s'écoulerait plus lentement. Je passais des heures ainsi, immobile, à l'observer. Ma mère et moi étions proches quand j'étais très jeune : ce qu'on dit des petits garçons, la proximité qu'ils peuvent avoir avec leur mère – cela avant que la honte creuse la distance entre elle et moi. Avant cela, elle s'exclamait devant qui voulait l'entendre que j'étais bien le fils de ma mère, que ça ne faisait pas de doute.

Quand la nuit tombait, une peur inexplicable s'emparait de moi. Je ne voulais pas dormir seul. Je n'étais pourtant pas seul dans ma chambre, je la partageais avec mon frère ou ma sœur. Une chambre de cinq mètres carrés, au sol de béton et aux murs couverts de grosses taches noires et circulaires dues à l'humidité qui imprégnait la maison, aux étangs à proximité du village. La gêne qu'éprouvait ma mère (je dis *la gêne* pour ne pas répéter une fois de plus *la honte*, mais c'est bien ce dont il s'agissait) quand je lui demandais pourquoi elle et mon père ne mettaient pas de moquette sur le sol *Tu sais on aimerait bien mettre de la moquette, on va peut-être le faire*. C'était faux. Mes parents n'avaient pas les moyens de l'acheter, ni même l'envie de le faire. L'impossibilité de le faire empêchait la possibilité de le vouloir, qui à son tour fermait les possibles. Ma mère était enfermée dans ce cercle qui la maintenait dans l'incapacité d'agir, d'agir sur elle-même et sur le monde qui l'entourait *On aimerait bien t'en mettre de la moquette mais tu fais de l'asthme, et tu sais bien, la moquette c'est dangereux pour les asthmatiques.*

Je dissimulais les taches de moisissure avec des posters de chanteuses de variétés ou d'héroïnes de séries télévisées découpés dans les magazines. Mon grand frère, qui préférait, comme les durs, les chanteurs de rap ou la musique techno, se moquait *T'en as pas marre d'écouter que de la musique de gonzesse* (je me souviens qu'un jour, tandis que je l'accompagnais à la boulangerie, il m'avait, tout le long du chemin, appris comment un vrai garçon devait marcher. *Je vais te montrer comment tu dois faire parce que là c'est pas possible de marcher comme tu fais, si je croise mes potes et que tu marches comme ça, ça le fait pas ils vont se foutre de ma gueule*).

L'espace de la chambre était occupé par un lit superposé et un meuble de bois sur lequel était placée la télévision, si bien qu'en entrant dans la petite pièce on arrivait directement sur le lit ; à peine quelques centimètres carrés pour y poser les pieds : l'espace rempli, saturé par la seule présence du lit et de la télévision. Mon frère la regardait toute la nuit et m'empêchait de trouver le sommeil.

En raison, donc, non seulement de la télévision qui me dérangeait mais surtout de la peur de dormir seul, je me rendais plusieurs fois par semaine devant la chambre de mes parents, l'une des rares pièces de la maison dotée d'une porte. Je n'entrais pas tout de suite, j'attendais devant l'entrée qu'ils terminent.

D'une manière générale, j'avais pris cette habitude (et cela jusqu'à dix ans *C'est pas normal*, disait ma mère, *il est pas normal ce gosse*) de suivre ma mère partout dans la maison. Quand elle entrait dans la salle de bains je l'attendais devant la porte. J'essayais d'en forcer l'ouverture, je donnais des coups de pied dans les murs, je hurlais, je pleurais. Quand elle se rendait aux toilettes, j'exigeais d'elle qu'elle laisse la porte ouverte pour la surveiller, comme par crainte qu'elle ne se volatilise. Elle gardera cette habitude de toujours laisser la porte des toilettes ouvertes quand elle fera ses besoins, habitude qui plus tard me révulsera.

Elle ne cédait pas tout de suite. Mon comportement irritait mon grand frère, qui m'appelait *Fontaine* à cause de mes larmes. Il ne souffrait pas qu'un garçon puisse pleurer autant.

À force d'insistance, ma mère finissait toujours par céder. Mon père, lui, préférait crier, être sévère. Comme des rôles qu'ils se partageaient, tout à la fois imposés par des forces sociales qui les dépassaient et reproduits consciemment. Ma mère : *Si tu te calmes pas je vais le dire à ton père*, et, quand mon père ne réagissait pas : *Jacky joue un peu ton rôle, merde.*

En me rendant devant la chambre de mes parents ces nuits où, tétanisé par la peur, je ne trouvais pas le sommeil, j'entendais leur respiration de plus en plus précipitée à travers la porte, les cris étouffés, leur souffle audible à cause des cloisons trop peu épaisses. (Je gravais des petits mots au couteau suisse sur les plaques de placoplâtre, *Chambre d'Ed*, et même cette phrase absurde – puisqu'il n'y avait pas de porte –, *Frappez au rideau avant d'entrer*.) Les gémissements de ma mère, *Putain c'est bon, encore, encore.*

J'attendais qu'ils aient terminé pour entrer. Je savais qu'à un moment ou à un autre mon père pousserait un cri puissant et sonore. Je savais que ce cri était une espèce de signal, la possibilité de pénétrer dans la chambre. Les ressorts du lit cessaient de grincer. Le silence qui suivait faisait partie du cri, alors je patientais encore quelques minutes, quelques secondes, je retardais l'ouverture de la porte. Dans la chambre flottait l'odeur du cri de mon père. Aujourd'hui encore quand je sens cette odeur je ne peux m'empêcher de penser à ces séquences répétées de mon enfance.

Je commençais toujours par m'excuser en prétextant une crise d'asthme *Vous le savez bien, comme ce qui est arrivé à grand-mère, on peut mourir d'une crise d'asthme, ce n'est pas impossible, pas inimaginable* (je ne le disais pas de cette manière, mais en écrivant ces lignes, certains jours, je suis las d'essayer de restituer le langage que j'utilisais alors).

Mon père laissait exploser sa colère, il se fâchait, m'insultait. Ces histoires de grand-mère et d'asthme il n'y croyait pas, ce sont des prétextes, des *conneries*, j'ai simplement peur du noir, comme les filles. Il s'interrogeait à voix haute. Il demandait à ma mère si j'étais un garçon, *C'est un mec oui ou merde ? Il pleure tout le temps, il a peur du noir, c'est pas un vrai mec. Pourquoi ? Pourquoi il est comme ça ? Pourquoi ? Je l'ai pourtant pas élevé comme une fille, je l'ai élevé comme les autres garçons. Bordel de merde.* Le désespoir perçait dans sa voix. En réalité – et il l'ignorait –, je me posais les mêmes questions. Elles m'obsédaient. Pourquoi pleurais-je sans cesse ? Pourquoi avais-je peur du noir ? Pourquoi, alors que j'étais un petit garçon, pourquoi n'en étais-je pas véritablement un ? Surtout : pourquoi me comportais-je ainsi, les manières, les grands gestes avec les mains que je faisais quand je parlais (des *gestes de grande folle*), les intonations féminines, la voix aiguë. J'ignorais la genèse de ma différence et cette ignorance me blessait.

(Toujours à cette période, vers l'âge de dix ans, une idée ne me quittait plus : une nuit que je regardais la télévision – comme je le faisais régulièrement toute la nuit quand mes frères et sœurs s'absentaient, partaient dormir chez des amis –, j'avais vu un reportage sur un centre d'amaigrissement pour personnes obèses. Les jeunes obèses étaient encadrés par une équipe qui les contraignait à un régime drastique : alimentation, sport, régularité du sommeil. Longtemps après avoir vu cette émission je rêvais d'un pareil endroit pour les gens comme moi. Hanté par le spectre des deux garçons, j'imaginais des éducateurs qui m'auraient battu chaque fois que j'aurais laissé mon corps céder à ses dispositions féminines. Je rêvais d'entraînements pour la voix, la démarche, les façons de tenir le regard. Je m'appliquais à chercher, avec acharnement, de tels stages sur les ordinateurs du collège.)

Les mots *maniéré, efféminé* résonnaient en permanence autour de moi dans la bouche des adultes : pas seulement au collège, pas uniquement de la part des deux garçons. Ils étaient comme des lames de rasoir, qui, lorsque je les entendais, me déchiraient pendant des heures, des jours, que je ressassais, me répétais à moi-même. Je me répétais qu'ils avaient raison. J'espérais changer. Mais mon corps ne m'obéissait pas et les injures reprenaient. Les adultes du village qui me disaient *maniéré*, *efféminé*, ne le disaient pas toujours comme une insulte, avec l'intonation qui la caractérise. Ils le disaient parfois avec étonnement, *Pourquoi choisit-il de parler, de se comporter comme une fille alors qu'il est un garçon ? Il est bizarre ton fils Brigitte* (ma mère) *de se conduire comme ça.* Cet étonnement me compressait la gorge et me nouait l'estomac. À moi aussi on me demandait *Pourquoi tu parles comme ça ?* Je feignais l'incompréhension, encore, restais silencieux – puis l'envie de hurler sans être capable de le faire, le cri, comme un corps étranger et brûlant bloqué dans mon œsophage.

# Vie des filles,
# des mères et des grand-mères

J'étais prisonnier, entre le couloir, mes parents et les habitants du village. Le seul répit était la salle de classe. J'appréciais l'école. Pas le collège, la vie du collège : il y avait les deux garçons. Mais j'aimais les enseignants. Ils ne parlaient pas de *gonzesses* ou de *sales pédés*. Ils nous expliquaient qu'il fallait accepter la différence, les discours de l'école républicaine, que nous étions égaux. Il ne fallait pas juger un individu en raison de sa couleur de peau, de sa religion ou de son orientation sexuelle (cette formule, *orientation sexuelle*, faisait toujours rire le groupe de garçons au fond de la classe, on les appelait *la bande du fond*).

Mes résultats étaient assez médiocres. Il n'y avait ni lumière ni bureau dans les chambres et il fallait faire le travail scolaire dans la pièce principale, avec mon père qui regardait la télévision ou ma mère qui vidait un poisson sur la même table en marmonnant *C'est pas l'heure pour faire des devoirs*. Les devoirs m'ennuyaient de toute façon, je ne maîtrisais pas ce qu'on appelle les *bases* à cause de mes absences répétées, du langage de ma famille et donc de mon langage, des fautes trop nombreuses, du picard que nous parlions parfois mieux que le français officiel.

Pourtant je m'attachais aux enseignants et je savais qu'il fallait obtenir de bons résultats pour leur plaire, ou au moins leur donner l'impression que je me battais en dépit de mes difficultés. Ma docilité à leur égard avait quelque chose de suspect : la docilité à l'école était une caractéristique féminine.

Seulement dans les petites classes, ensuite les filles finissaient par détester l'école et provoquer les enseignants. Ce n'était qu'une question de temps. Leur élimination n'était qu'un peu plus lente.

Ma sœur avait d'abord voulu s'orienter, quand elle était au collège, vers une carrière de sage-femme avant de nous faire savoir qu'elle serait finalement professeure d'espagnol *pour gagner beaucoup d'argent*. Nous percevions les enseignants comme des petits-bourgeois et mon père s'agaçait lors des grèves dans l'Éducation nationale *Avec tout le fric qu'y se mettent dans les poches ils se plaignent encore*.

Elle avait été convoquée aux habituels rendez-vous avec le conseiller d'orientation et lui avait exposé son souhait de devenir professeure d'espagnol dans un collège *Mais vous savez mademoiselle maintenant l'éducation c'est bouché, tout le monde veut devenir prof alors il y a de moins en moins de places, et les gouvernements donnent de moins en moins d'argent pour ça, l'éducation. Vous devriez faire quelque chose de plus sûr, de moins*

*risqué, comme la vente, et en plus, je regarde vos*
*résultats, pas très bons il faut bien le dire, à peine*
*la moyenne c'est juste pour faire un baccalauréat.*

Elle était rentrée irritée un soir, après un de ces
rendez-vous, dépitée par les tentatives du conseiller d'orientation pour modifier ses projets *Je vois*
*pas pourquoi qu'il me pète les couilles l'autre,*
*je veux faire prof d'espagnol.* Mon père *Tu dois*
*pas te laisser donner des leçons par un nègre* (le
conseiller d'orientation était martiniquais).

Ma sœur a résisté dans un premier temps. Le
conseiller l'a convoquée à plusieurs reprises. En
classe de troisième, elle avait dû faire un stage
dans une entreprise et le conseiller l'avait dirigée
vers la boulangerie du village. Quelques semaines
après ce stage elle a expliqué à ma mère (déçue :
*On aurait bien aimé qu'elle a un plus beau métier*)
qu'elle ne voulait plus être professeure d'espagnol
mais vendeuse. Elle était certaine de son choix, le
conseiller d'orientation avait eu raison. La filière
de l'apprentissage lui garantissait un revenu sur
lequel elle comptait pour faire ce dont elle avait
été privée toute sa jeunesse à cause du manque
d'argent des parents.

En regardant la surveillante dans la cour du collège, j'essayais d'imaginer ce qu'elle avait voulu
devenir petite fille, avant d'être surveillante.

Je ne lui adressais pas la parole. Je faisais tout ce qui était possible pour qu'elle ne s'aperçoive pas des coups que me donnaient les deux garçons. Lui cacher le fait que certaines personnes pouvaient penser, pensaient, que j'étais un efféminé qui méritait les coups. Je ne voulais pas qu'elle me retrouve dans le couloir, recroquevillé, le regard implorant – même si, je l'ai dit, la plupart du temps j'essayais, sans toujours y parvenir, de garder le sourire quand ils me frappaient *Pourquoi tu souris abruti, tu te fous de notre gueule ?* Que la surveillante s'inquiète et me demande *Pourquoi ils te font ça ?* Devoir lui répondre.

Ma mémoire ne garde plus la trace de son nom. Peut-être Armelle ou Virginie. Je me rappelle seulement les surnoms dont elle était affublée *la Folle*, *la Dingue*. Elle parlait seule dans la cour ou dans les couloirs quand elle montait la garde. Elle parlait surtout de sa grand-mère, beaucoup de sa grand-mère, avec obstination, même quand des enfants lui disaient *Arrête on s'en tape*, elle ne songeait pas à les punir.

Sa grand-mère avait la même histoire que la mienne, que beaucoup de grand-mères qui avaient toutes la même histoire au village, où il y avait peu de place pour la différence.

Sa grand-mère souffrait du froid quand l'hiver approchait et que les jours devenaient plus courts. Elle le lui racontait de la même manière que ma grand-mère me le racontait : sans vraiment se plaindre, simplement un constat triste quand elle parle du froid qui entre dans la maison, des doigts de pieds douloureux à cause du froid qui les paralyse.

Ma grand-mère, qui s'imaginait que posséder une maison, *être propriétaire*, comme disent les slogans publicitaires ou politiques, la ferait accéder à un statut social plus élevé, une vie plus agréable, se rendait compte que, depuis qu'elle l'était, rien n'avait changé, et peut-être même qu'au contraire tout s'était compliqué avec le prêt qu'elle avait dû faire et qu'elle devait rembourser.

Elle a froid mais elle ne peut plus payer ses livraisons de bois. Cet homme que mon père appelait *le Copain*, qui livrait le bois à toute la famille – il se déplaçait dans les rues avec un tracteur de petite taille, chargé de plusieurs stères de bois –, avait arrêté de la livrer *Parce que j'ai des enfants, vous comprenez madame, je peux plus vous livrer de bois si vous payez pas, j'ai des enfants à nourrir moi madame, j'ai une famille.* Sa grand-mère, à la surveillante, disait qu'elle utilisait beaucoup de couvertures contre le froid mais que c'était inutile, le froid pénétrait les couvertures, elles devenaient semblables à des couvertures de glace, plus froides que le vent froid lui-même.


(Ma grande sœur, au moment où je parle, a entamé les démarches nécessaires afin de racheter pour une somme dérisoire la maison de ma grand-mère partie finir ses jours dans un logement social.

Elle m'a téléphoné pour m'en parler et me parler des travaux très importants qu'il y avait à faire, étant donné le taudis dans lequel vivait ma grand-mère, dont le plafond était percé d'un trou de près de deux mètres de diamètre *Et pis je l'aime bien mamie donc je veux pas la critiquer, mais l'odeur qui y avait. Des crottes de je sais pas trop quoi partout, de la moisissure. On va en avoir pour longtemps de travaux.* Ma sœur, qui n'aura jamais pu voir autre chose que le village de toute sa vie, à vingt-cinq ans, déjà propriétaire et engagée dans des travaux interminables.)

Ma grand-mère, comme celle de la surveillante, adoptait des hordes de chiens. Elle se sentait moins seule et pouvait se blottir contre eux la nuit pour récupérer un peu de la chaleur corporelle qu'ils produisent *Au moins j'ai bien chaud aux jambes quand je dors avec, et ça fait de la compagnie, sinon je m'emmerde un peu toute seule.* Elle en adoptait cinq, six, parfois plus, ce qui irritait fortement mon père. Il trouvait son comportement irrationnel, adopter des chiens alors qu'elle pouvait à peine se nourrir *Et tu peux même plus aller te promener parce que tes chiens ils bousillent la baraque si tu sors. J'ai bien vu qu'ils arrachent les rideaux, le canapé, qu'ils pissent sur la télé. Et puis oui, ce que je disais, t'as pas d'argent pour les nour-rir.* Elle se justifiait *Ils boufferont les restes*, mais – tout le monde s'en apercevait – elle achetait de la nourriture pour les chiens et encore moins pour elle. C'était elle qui bouffait les restes des chiens, et finalement, en plus d'avoir froid, elle avait faim.

Quand ma grand-mère n'avait plus de bois, elle partait dans les forêts qui bordent le village. Elle emportait avec elle son cabas en toile vert et bleu, criblé de trous, comme elle avait fini par l'admettre : *à cause des chiens qui broient tout.* Elle ramassait des petites branches qu'elle rapportait. Ma mère le faisait elle aussi pour allumer le feu de la cheminée ou pour cuire la viande sur les grilles du barbecue quand elle n'avait plus de charbon de bois, sa fierté de mère *Mes gosses manqueront pas de bouffe, ils auront pas froid.* Pour ne pas avoir à subir la honte, ma mère en faisait un jeu. Nous savions que c'était la pauvreté, le manque d'argent, les enfants comprennent ça plus vite qu'on ne peut l'imaginer. Ma mère disait *On va aller ramasser du bois, histoire de faire une petite promenade, au moins on va bien se marrer.*

Nous faisions semblant de la croire et elle faisait semblant de croire que nous la croyions.

Parfois, ma mère, fatiguée, cessait de faire semblant. Elle abandonnait tous ses efforts pour nous cacher la réalité et me contraignait à me rendre à l'épicerie du village pour *faire crédit, faire marquer* de quoi manger. *Vas-y toi parce que comme t'es un gosse, si tu demandes pour faire marquer, elle va dire oui, alors qu'à moi c'est certain qu'elle va me dire non la vieille conne de l'épicerie.* J'essayais de me dérober, avant que mon père n'intervienne, *Tu vas te dépêcher de te bouger le cul sinon ça va mal se passer pour toi.* Il me terrifiait, tant et si bien que je m'exécutais en silence. Les enfants inspirent plus facilement la pitié et j'étais désigné comme étant celui qui devait utiliser cet atout pour obtenir de la nourriture ; pas seulement à l'épicerie, mais également, certains jours, chez les voisins, les autres habitants du village, pour demander un morceau de pain, un paquet de pâtes ou un peu de fromage. L'humiliation quand il fallait, au moment de payer les denrées à l'épicerie, dire, à voix basse pour que les femmes du village qui étaient présentes n'entendent pas *Maman elle demande si on peut faire marquer* et la patronne qui tirait beaucoup de satisfaction à élever la voix de façon à ce que, à l'inverse, tout le monde puisse saisir ses paroles. *Ça peut pas durer comme ça, tes parents il faut bien qu'ils payent, parce que moi je peux pas leur faire marquer sans arrêt. Ils n'ont qu'à travailler un peu plus s'ils ont besoin d'argent. Moi, répète-leur bien, je suis là au magasin tous les jours de huit heures du matin à huit heures du soir, y a que comme ça qu'on y arrive. Bon c'est la dernière fois que je vous laisse faire marquer, la dernière je te préviens, parce que je peux pas te laisser repartir les mains vides.* Et moi, qui baissais les yeux, haïssais la patronne de l'épicerie, l'envie d'arracher son visage avec n'importe quel objet pointu et coupant *Merci madame, merci madame.*

D'autres fois, quand nous n'avions plus d'argent, nous mangions les poissons que mon père pêchait. Il était pêcheur depuis toujours, c'était une passion, les garçons pratiquaient la pêche ou la chasse. Il y allait très souvent, dans les étangs aux abords du village, surtout depuis son accident à l'usine qui avait entraîné la perte de son travail. Il rapportait les poissons à la maison que ma mère vidait avant de les mettre au congélateur, enveloppés dans du papier journal ou dans des sacs plastique de super-marché. La vision horrifiante quand j'ouvrais le congélateur et y trouvais ces cadavres recouverts d'un manteau de glace. Le plus troublant était de voir leurs yeux, prisonniers de la glace après avoir été figés par la mort. Et l'odeur qui restait plusieurs jours dans la pièce commune après que ma mère eut vidé les poissons. Les fins de mois où mes parents n'avaient plus assez d'argent pour acheter de la viande, nous mangions du poisson pendant plusieurs jours d'affilée. Le dégoût est né de là. Aujourd'hui je suis écœuré par ce plat si valorisé dans les milieux dans lesquels j'ai voulu parvenir.

# Les histoires du village

Nous n'étions pas les plus pauvres. Nos voisins les plus proches, qui avaient moins d'argent encore, une maison constamment sale, mal entretenue, étaient l'objet du mépris de ma mère et des autres. N'ayant pas de travail, ils faisaient partie de cette fraction des habitants dont on disait qu'ils étaient *des fainéants*, des individus *qui profitent des aides sociales, qui branlent rien*. Une volonté, un effort désespéré, sans cesse recommencé, pour mettre d'autres gens au-dessous de soi, ne pas être au plus bas de l'échelle sociale. Du linge crasseux était éparpillé partout dans leur maison, les chiens urinaient dans toutes les pièces, souillaient les lits, les meubles étaient couverts de poussière, pas seulement de la poussière, d'ailleurs, plutôt une saleté dont aucun mot n'exprime la vérité : un mélange de terre, de poussière, de restes de nourriture et de liquides renversés, vin ou Coca-Cola séché, des cadavres de mouches ou de moustiques. Eux aussi étaient sales, les vêtements maculés de terre ou d'autre chose, les cheveux gras et les ongles longs, noircis. Ce que ma mère répétait également, toujours avec fierté : *La pauvreté ça empêche pas la propreté, nous au moins on n'a pas trop d'argent mais la maison est bien propre et mes gosses ont toujours des vêtements qui sentent la lessive, ils sont pas crapés.* Les voisins allaient dans les champs qui entouraient le village pour dérober du maïs et des petits pois, avec la vigilance dont il fallait faire preuve pour ne pas être surpris par les agriculteurs, *faire gaffe aux culs-terreux.* Je passais chez eux de nombreuses journées, dans la cuisine qui sentait le pétrole à cause du réservoir entreposé dans la pièce d'à côté. Cette pièce avait d'abord été la salle de bains, mais les voisins, jugeant qu'une salle de bains n'était pas utile, en avaient fait une réserve de pétrole. Nous préparions du pop-corn avec le maïs volé aux culs-terreux. Les récits que nous en faisions, comme des enfants peuvent le faire : des récits cousus de mensonges, d'éléments ajoutés, inventés, d'exagérations. Les péripéties imaginaires du voisin *Et à ce moment-là, le cul-terreux, il est arrivé, il m'a poursuivi en tracteur mais j'ai couru plus vite et il a pas réussi à me rattraper.*

Nous nous racontions les histoires qui animaient le village et rendaient l'existence moins monotone.

L'une d'entre elles m'avait beaucoup marqué. C'était la mort d'un homme au village. Il n'avait plus d'argent, des dettes accumulées dans tous les cafés. Mon père aime dire qu'il y en avait douze pour un village d'à peine plus de cinq cents habitants en ces temps-là. Je dis l'*histoire d'un homme*, mais je le connaissais bien.

La solitude, la faim – le vieil homme devait être las de son existence. Il était fatigué de vivre mais il ne s'est pas directement donné la mort, comme si même cet effort avait été trop éprouvant.

Et puis l'odeur a commencé à se propager dans les rues.

Je l'ai sentie moi aussi un jour que je me promenais avec mon cousin. Il m'a dit *Ça pue la mort ici.* Je passais beaucoup de temps avec mon cousin. Il avait besoin de moi pour lacer ses chaussures ou se gratter le dos : son handicap l'empêchait de se mouvoir correctement. Quand il était enfant, tandis qu'il finissait sa croissance, sa colonne vertébrale a continué à se développer, à grandir de façon anormale, puis elle a atteint le cerveau, provoquant des lésions irréversibles. Un grave handicap. Il marchait de travers, la bosse imposante qu'il avait sur le dos déformait ses vêtements. *Le bossu de Notre-Dame*, gloussaient les habitants. Il a perdu ses dents très jeune, à partir de vingt ans elles se sont mises à tomber les unes après les autres, et certains jours, sans trop qu'on sache pourquoi, sa peau devenait jaunâtre ou pour ainsi dire totalement jaune. Ces jours-là, des fièvres foudroyantes le clouaient au lit pour des semaines. Il était handicapé mais les gens du village évitaient de prononcer ce mot devant lui ou sa mère. Nous ne savions pas si sa mère – ma tante – feignait de ne pas avoir conscience de la gravité de son état de santé ou si elle était réellement incapable de comprendre la situation dans laquelle se trouvait mon cousin. « Les parents sont les derniers à admettre que leur fils est fou. » Un jour, une seule fois, je me souviens, la stupéfaction quand nous l'avons entendue dire, comme un aveu, comme si elle nous apprenait, nous révélait quelque chose *Vous savez, mon fils il est handicapé.* En l'absence de sa mère, en revanche, les habitants parlaient de son handicap *Le malheureux, ah, ton cousin, il a pas de chance, tu es un gentil garçon d'en prendre soin.* Le médecin, quand j'allais le voir, me prévenait *Profite bien de ton cousin, il ne va pas vivre très vieux tu sais.* Les moqueries aussi *Ton cousin le bossu, l'éclopé du village. Le mongol.*

Il y avait dans ma famille plus de handicapés que dans d'autres familles. Ou peut-être qu'on le cachait moins, qu'on le soignait moins, qu'on ne savait pas comment s'y prendre. Peut-être, simplement, était-ce le manque d'argent pour se soigner correctement, l'hostilité à l'égard de la médecine. Il y a ma cousine qui est née avec deux palais, l'autre cousin qui tombe malade en permanence, il est allergique aux antibiotiques, à la lessive, à l'herbe. Il y a la tante qui s'arrache les dents avec une pince quand elle est saoule, sans raison, pour jouer – une pince comme celles qu'on utilise au garage. Elle est souvent ivre, et, fatalement, elle se retrouve sans avoir de dents à arracher.

Mon cousin a dit ce jour-là, *Ça pue la mort.* Il avait raison, c'était la mort. Je ne pouvais pas deviner qu'elle avait cette odeur. Le vieil homme avait décidé de rester chez lui, de ne plus sortir. Ne plus aller prendre son pastis, *mon petit jaune*, au café du village où se retrouvent les hommes le soir après le travail – ou après une journée à la maison, devant la télévision, quand ils n'ont pas de travail. Il est resté chez lui en attendant de mourir, fixe, immobile sur son lit. Les rumeurs disaient, j'ignore si c'était juste, elles disaient qu'il était mort dans les déjections. *Il est mort dans sa pisse et dans sa merde*, même de son lit il ne voulait plus bouger, il n'allait plus aux toilettes, il couvrait les mares de pisse et les tas de merde avec des feuilles de papier journal, comme un dernier souci d'hygiène avant de mourir. *Paraît que ses chaussettes elles étaient incrustées dans sa chair, ça faisait des mois qu'il les avait pas retirées, et avec la pisse, le pus, les chaussettes elles sont petit à petit rentrées dans sa peau, collées comme si à force elles faisaient partie de son corps.* Et puis, le silence. Le processus de décomposition du corps. Les femmes du village : *Il a été bouffé par les vers*, et l'odeur qui se propage dans les rues. La foule s'est amassée (ce même jour où mon cousin avait identifié, sans le vouloir, la mort – car *ça pue la mort* était une expression que nous utilisions de façon constante pour qualifier toutes les mauvaises odeurs) autour de la maison de laquelle se dégageait l'odeur du corps en putréfaction. Malgré l'oxygène bientôt irrespirable, les femmes se couvraient le nez à l'aide de mouchoirs en papier pour pouvoir continuer à regarder, pouvoir rester là, ne pas abandonner cette chance d'assister à un pareil événement, pouvoir sortir quelques instants, le temps de quelques minutes, d'un quotidien sans surprise, sans même l'attente ou l'espoir de la surprise. Mon cousin, du fait de son organisme fragile, a beaucoup vomi cet après-midi-là.

Cette histoire, nous la racontions souvent, elle nous amusait.

# La bonne éducation

Mes parents veillaient à me donner une bonne éducation, *pas comme les racailles et les Arabes des cités*. La vanité que ma mère en tirait : *Mes enfants sont bien élevés, je les dresse bien, pas comme les voyous* ou – et je ne sais d'où lui venaient ces informations, peut-être des propos que lui tenait son père, ancien combattant de la guerre d'Algérie – *Mes enfants sont bien élevés, pas comme les Algériens, tu sais ce sont les pires les Algériens, quand tu regardes bien ils sont beaucoup plus dangereux que les Marocains ou les autres Arabes.*

Sans cesse assuré par ma mère de ma supériorité sur les Arabes ou nos voisins extrêmement pauvres, ce n'est qu'après avoir quitté le collège que j'ai pu me rendre compte que j'étais moins privilégié que je ne l'avais imaginé. Je savais, avant cela, qu'il existait des mondes bien plus favorisés que le mien. Les bourgeois que mon père insultait, l'épicière du village ou les parents de mon amie Amélie. J'y pensais même régulièrement. Mais tant que je n'avais pas été directement confronté à l'existence de ces autres mondes, que je n'y avais pas été plongé, ma connaissance était restée à l'état d'intuition, de fantasme.

Je le découvrirai plus tard, notamment en discutant avec mes anciens enseignants – les enseignants du collège, impuissants, abattus par la façon qu'avaient les parents du village d'élever leurs enfants, et qui en parlaient en salle des professeurs *Et le petit Bellegueule, il a des capacités mais s'il continue comme ça à ne pas faire ses devoirs, à être absent aussi fréquemment, il ne s'en sortira pas.*

J'appartenais au monde de ces enfants qui regardent la télévision le matin au réveil, jouent au football toute la journée dans les rues peu fréquentées, au milieu de la route, dans les pâtures qui s'étendent derrière leur maison ou en bas des blocs, qui regardent la télévision, encore, l'après-midi, le soir pendant des heures, la regardent entre six et huit heures par jour. Au monde de ces enfants qui passent des heures dans les rues, le soir et la nuit, à *zoner.* Mon père me prévenait – maladroit quand il s'agissait d'aborder les questions scolaires – que je pouvais faire ce que je voulais mais que je devrais toujours en assumer les conséquences *Tu sors quand tu veux, tu rentres à l'heure que tu veux mais si le lendemain tu es fatigué à l'école, c'est de ta faute. Si tu veux jouer au grand tu vas jusqu'au bout,* quand les enfants d'instituteurs, du médecin ou des gérants de l'épicerie étaient astreints à rester chez eux pour faire leurs devoirs. Il lui arrivait à de multiples reprises dans une même semaine de me demander si mes devoirs étaient faits. Peu lui importait la réponse, comme ma mère qui m'interrogeait sur ma journée au collège. Sa question, ce n'était pas lui qui la posait mais un rôle qui le dépassait, parfois, contre sa volonté, l'acceptation ou plutôt l'intériorisation du fait qu'il valait mieux, qu'il était plus légitime de bien faire ses devoirs pour un enfant.

Toutes les sorties tournaient autour de l'arrêt d'autocar, qui était le centre de la vie des garçons. Nous y passions nos soirées, à l'abri du vent et de la pluie. Il me semble qu'il en a toujours été ainsi : les garçons à l'adolescence se retrouvaient chaque soir, là, pour boire et discuter. Mon frère et mon père étaient passés par là, et en retournant au village j'y ai vu les garçons qui n'avaient pas huit ans quand je suis parti. Ils avaient pris la place que j'avais occupée quelques années auparavant ; rien ne change, jamais.

Les discussions interminables jusqu'au bout de la nuit : toujours les histoires du village, comme un monde qui n'existait que pour lui-même, étranger à toute connaissance de l'extérieur, de l'ailleurs, les blagues, les boîtes aux lettres que nous cassions à coups de pied juste pour le plaisir, Jeanine, la vieille femme qui habitait en face de l'arrêt du car, qui appelait les gendarmes quand nous étions trop bruyants et nous qui l'insultions *salope*, *vieille connasse*, avant de nous enfuir en courant. Nous achetions des packs de bière et nous buvions jusqu'à vomir, en filmant ces scènes avec les téléphones portables.

Je me souviens, très jeune, dès treize ans, quatorze ans, d'avoir été confronté à des pertes de connaissance, des comas éthyliques. Devoir appeler les secours, maintenir sur le côté un de mes *copains* pour éviter qu'il ne se noie dans son propre vomi. Quand c'était à moi que cela arrivait, les lendemains de soirée arrosée (nous disions *Vivement la cuite de samedi*), je me réveillais dans l'une des tentes plantées dans les pâtures autour du village la veille par nos soins, les vêtements rigidifiés par le vomi séché qui les recouvrait, un sac de couchage sale à l'odeur à peine descriptible à cause de la nourriture renvoyée par mon estomac malade, le ventre douloureux et la boîte crânienne harcelée par des pulsations, comme si le cœur et les poumons se trouvaient le temps d'une journée à la place du cerveau. Les *copains* me disaient en riant que j'avais échappé de peu à la mort, j'aurais pu me noyer dans mon vomi, avaler ma langue.

Je m'appliquais à me rapprocher le plus possible des garçons pour apaiser mes parents. En vérité, je m'ennuyais beaucoup en leur compagnie. Et il n'était pas rare que je dise à ma mère lorsque je m'absentais que je partais jouer avec eux : je rejoignais en fait Amélie. L'un de mes jeux préférés consistait à la maquiller, l'affubler de rouge à lèvres et de tout un tas de poudres différentes. J'ose à peine m'imaginer l'effroi qui aurait saisi mes parents s'ils l'avaient su. J'éprouvais ce besoin de les rasséréner, de faire en sorte qu'ils cessent de se poser des questions que je voulais voir disparaître.

Des bagarres ponctuaient ces soirées. Dans l'arrêt de bus s'ajoutaient aux litres de bière du whisky bon marché et du pastis. Les festivités se prolongeaient jusqu'au bout de la nuit, jusqu'au lever du jour, du temps pour rien, pour attendre que le temps passe ou plutôt qu'il vienne. L'arrêt de bus, lui aussi en briques rouges, tagué *Nicke la police*, *A more les salle pédé*.

Les bagarres étaient monnaie courante, les filles comme les garçons se battaient – essentiellement les garçons, et pas seulement sous l'emprise de l'alcool (presque tous les jours dans la cour du collège ; les enfants se regroupaient autour des deux adversaires – parfois plus – et hurlaient à pleine voix le nom de celui qu'ils préféraient).

L'une d'elles a éclaté un jour entre Amélie et moi. Une dispute d'enfants. Ses parents avaient une situation plus confortable que les miens, pourtant pas vraiment des *bourgeois* : une mère employée à l'hôpital et un père technicien chez EDF. Amélie m'avait dit ce jour-là pour me blesser – elle savait qu'en disant cela elle y parviendrait – que mes parents étaient des fainéants. Je me rappelle cette dispute avec la précision des événements que l'on crée dans sa vie à partir de souvenirs qui auraient pu être insignifiants, banals. Et puis, des mois, des années après, selon ce que l'on devient, ils prennent du sens.

Je l'ai frappée. Je l'ai saisie par les cheveux et j'ai claqué sa tête contre la tôle du car du collège qui stationnait là, avec violence, comme le grand roux et le petit au dos voûté dans le couloir de la bibliothèque. Beaucoup d'enfants nous voyaient. Ils riaient et m'encourageaient, *Vas-y défonce-la, défonce-lui la gueule.* Amélie qui pleurait me suppliait d'arrêter. Elle hurlait, gémissait, implorait. Elle m'avait fait comprendre qu'elle appartenait à un monde plus estimable que le mien. Tandis que je passais du temps à l'arrêt de bus, d'autres enfants comme elle, Amélie, lisaient des livres offerts par leurs parents, allaient au cinéma, et même au théâtre. Leurs parents parlaient de littérature le soir, d'histoire – une conversation sur Aliénor d'Aquitaine entre Amélie et sa mère m'avait fait pâlir de honte –, quand ils dînaient.

Chez mes parents nous ne dînions pas, nous mangions. La plupart du temps, même, nous utilisions le verbe *bouffer*. L'appel quotidien de mon père *C'est l'heure de bouffer.* Quand des années plus tard je dirai *dîner* devant mes parents, ils se moqueront de moi *Comment il parle l'autre, pour qui il se prend. Ça y est il va à la grande école il se la joue au monsieur, il nous sort sa philosophie.*

Parler philosophie, c'était parler comme la classe ennemie, *ceux qui ont les moyens*, les *riches*. Parler comme ceux-là qui ont la chance de faire des études secondaires et supérieures et, donc, d'étudier la philosophie. Les autres enfants, ceux qui *dînent*, c'est vrai, boivent des bières parfois, regardent la télévision et jouent au football. Mais ceux qui jouent au football, boivent des bières et regardent la télévision ne vont pas au théâtre.

Je formulais mes plaintes auprès d'Amélie quant à ma mère qui ne s'occupait pas assez de moi, contrairement à la sienne. Je n'étais pas à même de voir que la mère d'Amélie n'avait pas le même métier, le même statut, n'avait pas des conditions de vie aussi rudes. Qu'il était plus difficile pour ma mère de me consacrer du temps et, par là, de l'amour.

D'autres fois, c'est vrai, l'indifférence de ma mère me rassurait. Quand je rentrais du collège, elle aurait pu facilement voir mes traits tirés, comme des rides. Mon visage semblait ridé à cause des coups qui me vieillissaient. J'avais onze ans mais j'étais déjà plus vieux que ma mère.

Je sais, au fond, qu'elle savait. Pas une compréhension claire, plutôt quelque chose sur quoi elle peinait à mettre des mots, qu'elle ressentait sans être capable de l'exprimer. Je craignais qu'un jour elle ne se mette à formuler toutes ces questions qu'elle accumulait – malgré son silence – depuis des années. De devoir lui répondre, lui parler des coups, lui dire que d'autres pensaient la même chose qu'elle. J'espérais qu'elle n'y pensait pas trop et qu'elle finirait par oublier.

Un matin avant de partir pour le collège elle m'avait dit *Tu sais Eddy, tu devrais arrêter de faire des manières, les gens se moquent de toi derrière ton dos, moi je les entends, puis tu devrais t'aérer le cerveau, voir des filles.* Elle l'avait dit, comme mon père, partagée entre le désarroi, la honte, l'agacement. Elle ne pouvait pas s'expliquer pourquoi je n'allais pas séduire de jeunes filles, comme mon père l'avait fait des années auparavant, en boîte de nuit ou aux bals dans la salle des fêtes du village.

À partir de douze ans je me suis rendu en boîte de nuit avec quelques *copains* le samedi soir pour – selon ce que je disais à mes parents, que je répétais afin qu'ils saisissent les motivations fictives de ces sorties – y rencontrer des jeunes filles. Mon père, moins dupe que je ne l'espérais, voyait bien que je ne lui présentais pas les filles qu'il aurait été logique que je rencontre dans ces lieux. Il s'interrogeait sur ma passivité quand mon frère, lui, ramenait chaque mois des jeunes femmes chez nous, faisait les présentations et projetait fiançailles, mariage, enfants.

(Un privilège réservé aux garçons. Quand ma sœur a présenté, au retour du bal, son deuxième compagnon à mes parents – après avoir quitté le premier –, ils lui ont dit que ce n'était pas possible. Elle ne pouvait pas ramener un autre garçon à la maison étant donné que tout le village l'avait déjà vue avec un autre *Après, tu comprends, c'est pas qu'on veut pas, on a rien contre lui et il est bien gentil, mais tu peux pas ramener des garçons comme ça tout le temps. On dit ça pour toi, mais les autres gens ils vont dire, c'est sûr et certain, ils vont dire que t'es une salope.*)

Si mes parents étaient en butte à l'incompréhension face à mon comportement, mes choix, mes goûts, la honte se mêlait souvent à la fierté quand il était question de moi. Mon père n'en disait rien mais ma mère me racontait *Faut pas lui en vouloir, tu sais, c'est un homme et les hommes ça dit jamais ses sentiments.* Il confiait à ses copains de l'usine qui me le rapportaient *Mon fils travaille bien à l'école, il est intelligent et peut-être même que c'est un surdoué. Il est intelligent, il va faire de grandes études et surtout* (c'est ce qui le rendait le plus heureux), *surtout, mon fils il va devenir riche.* Lui qui détestait, il le disait, les *bourgeois* presque autant que les Arabes ou les juifs, il souhaitait me voir passer de l'autre côté.

En rentrant du collège je le trouvais dans la pièce commune affalé sur sa chaise et buvant son verre de pastis en regardant la télévision. La télévision trop forte, ses ronflements quand il s'endormait devant, les injures à ma mère si elle passait devant l'écran. Toujours la même position : les jambes étendues et les mains posées sur son ventre. Ma grande sœur : *Avec ses mains sur son gros ventre on dirait une femme enceinte.* La pièce avait une odeur de graisse à cause des frites qu'y préparait ma mère – le plat préféré de mon père *Moi j'aime bien la bouffe d'homme qui tient bien à l'estomac, pas comme dans les trucs de bourges où plus c'est cher moins t'en as dans l'assiette.* Ce n'était pas simplement le *plat préféré de mon père* mais aussi l'un des rares plats dont il se nourrissait et dont nous nous nourrissions puisque c'était lui qui décidait de la composition des repas. Même si ma mère faisait comme si c'était elle qui décidait, elle se trahissait quand elle me disait *J'aimerais bien me faire des haricots ou des salades de temps en temps mais ton père il va criser.* Les repas étaient faits uniquement de frites, de pâtes, très occasionnellement de riz, et de viande, des steaks hachés surgelés ou du jambon achetés au supermarché hard-discount. Le jambon n'était pas rose, mais fuchsia et couvert de gras, suintant.

Une odeur de graisse, donc, de feu de bois et d'humidité. La télévision allumée toute la journée, la nuit quand il s'endormait devant, *ça fait un bruit de fond, moi je peux pas me passer de la télé*, plus exactement, il ne disait pas *la télé*, mais *je peux pas me passer de ma télé.*

Il ne fallait pas, jamais, le déranger devant sa télévision. C'était la règle lorsqu'il était l'heure de se mettre à table : regarder la télévision et se taire ou mon père s'énervait, demandait le silence, *Ferme ta gueule, tu commences à me pomper l'air. Moi mes gosses je veux qu'ils soient polis, et quand on est poli, on parle pas à table, on regarde la télé en silence et en famille.*

À table, lui (mon père) parlait de temps en temps, il était le seul à en avoir le droit. Il commentait l'actualité *Les sales bougnoules, quand tu regardes les infos tu vois que ça, des Arabes. On est même plus en France, on est en Afrique*, son repas *Encore ça que les boches n'auront pas.*

Lui et moi n'avons jamais eu de véritable conversation. Même des choses simples, *bonjour* ou *bon anniversaire*, il avait cessé de me les dire. À mon anniversaire il m'offrait quelques cadeaux, sans une parole. Et je ne m'en plaignais pas, je ne voulais pas qu'il me parle. Il m'expliquait d'un air faussement décontracté qui cachait mal la gêne de devoir le dire *Tu attendras le début du mois qu'on a les allocations familiales pour te faire ton cadeau. T'es né le 30 octobre, à la fin du mois, c'est pas de chance.*

J'ignorais tout de lui et surtout de son passé, les seules informations que je possédais m'étaient données par ma mère.

Tous les soirs, ses copains arrivaient vers dix-huit heures avec des bouteilles de pastis. Mon père ne travaillait plus. Un matin – ou un soir, je n'en suis plus sûr –, il était parti, comme d'habitude, à l'usine. Il avait emporté sa gamelle, la nourriture que ma mère préparait la veille et qu'elle mettait dans un Tupperware pour le lendemain. Mon père mangeait dans sa gamelle, comme les animaux. Ce jour-là l'usine a appelé ma mère : *Le dos de votre mari s'est soudainement bloqué, il a eu les larmes, pourtant on le connaît bien Jacky, ce n'est pas une petite nature, mais là vraiment il criait de douleur.* Puis la voix du médecin (ou celle de mon père directement) *Votre mari a porté des poids beaucoup trop lourds à l'usine, pendant beaucoup trop de temps. Il aurait fallu s'en rendre compte avant, prendre les précautions nécessaires. (Mais vous* savez, Jacky aime pas les médecins, il s'en méfie toujours, il refuse de prendre des médicaments, comme son beau-frère hémiplégique.) Son dos est abîmé, complètement broyé, les disques écrasés. Il va devoir arrêter le travail pour une période indéterminée. Ma mère : *Mais on va perdre de l'argent si il est au chômage ?*

Mon père est revenu le soir même et pendant plusieurs jours il est resté allongé. Parfois ses cris couvraient le son de la télévision et celui des pleurs des enfants de la voisine. Ma mère : *C'est la voisine, elle sait pas élever ses gosses celle-là.*

Il pensait devoir arrêter le travail quelque temps, quelques semaines tout au plus. Les semaines sont vite devenues des mois et les mois des années, mes parents parlaient de *longue maladie*, *fin de droits*, *plus de chômage*, *revenu minimum*, *RMI*. Ma mère m'a finalement dit que *Oui, il pourrait reprendre le travail ton père si il voulait, mais tu vois bien que ce qu'il aime, c'est boire des bouteilles de pastis tous les soirs devant la télé avec ses copains. Il faut que tu comprennes ça Eddy, ton père il est alcoolique, il retournera plus au travail.*

Après plusieurs années sans travail, mon père a été confronté aux rumeurs du village, provenant des femmes à la sortie de l'école ou devant l'épicerie *Jacky, c'est un fainéant, ça fait quatre ans qu'il travaille pas, il est même pas foutu de nourrir sa femme et ses gosses. Regardez comme sa maison est négligée, les volets qui se décrochent, la peinture de la façade écaillée, et son grand fils alcoolique qu'il arrive pas à calmer.*

Mes parents se braquaient, ils refusaient de prêter attention aux ragots. Ma mère me confiait qu'elle n'avait que faire de ces rumeurs *Moi les faux-culs du village je les emmerde, je m'en occupe pas, qu'elles se mêlent de leur cul les autres bonnes femmes.* Mon père avait bien tenté de trouver à nouveau du travail mais il s'était découragé après avoir essuyé une centaine de refus. Il continuait à inviter ses copains tous les soirs qui ramenaient deux litres de pastis, parfois plus, pour trois, et plus les mois passaient, plus l'ivresse était difficile à atteindre. Mon père et ses copains en avaient conscience *Oh maintenant j'ai plus de pastis dans les veines que de sang.*

Je rentrais du collège à la nuit tombée tous les vendredis soir. Je faisais du théâtre dans un groupe formé par mon professeur de français : mon père, plus que dépassé par mon intérêt pour le théâtre, en était fortement agacé et refusait souvent de prendre la voiture pour venir me chercher après le cours, maugréant *Personne t'oblige à faire tes conneries de théâtre.* Je parcourais les quinze kilomètres qui me séparaient de chez moi à pied, marchant à travers champs pendant des heures, la boue et la terre qui s'accumulaient sous mes chaussures jusqu'à les faire peser plusieurs kilos. Les champs qui semblaient ne jamais prendre fin, comme on dit, à perte de vue, les animaux qui les traversaient pour se rendre d'un bosquet à un autre.

Ces soirs où je rentrais plus tard que d'habitude,

les copains de mon père étaient déjà là. Ils se resservaient du pastis, déclamant chaque fois *On va pas repartir sur une jambe* et ma mère qui rétorquait *Vous avez tellement picolé que c'est pas sur une ni sur deux jambes que vous allez repartir, c'est sur dix comme des pieuvres.* Toujours la fumée des cigarettes et du poêle à bois qui obscurcissait la pièce, l'épaisseur de la fumée qui tamisait la lumière. Ma mère : *Fume ça c'est de la bonne.* La télévision. Mon père et ses copains, Titi et Dédé, regardaient quotidiennement le même programme. Les commentaires sur les femmes qui participaient à l'émission pour réaffirmer leur virilité entre hommes *Putain elle est bonne celle-là, j'aimerais bien me la faire, la sauter*, ma mère irritée *Ah ceux-là ils pensent qu'à ça.* Un soir, tandis que je rentrais du collège, ils ont changé de chaîne. Ils ne le faisaient que très rarement, fidèles qu'ils étaient à leur programme, *La Roue de la fortune.* Ils disaient quand l'émission allait débuter *Notre émission, Vite ça va être « La Roue », faut pas rater le début*, interrompant ce qu'ils étaient en train de faire, leurs discussions, et se précipitant sur les chaises, essoufflés. Toute la journée ils avaient attendu ce moment, d'une certaine manière, toute la journée n'avait eu de sens que dans l'attente de voir *La Roue* le soir autour de quelques verres.

Sur l'autre chaîne il y avait un homosexuel qui participait à une émission de téléréalité. C'était un homme extraverti aux vêtements colorés, aux manières féminines, aux coiffures improbables pour des gens comme mes parents. L'idée même qu'un homme aille chez le coiffeur était mal perçue. Les hommes se faisaient tondre par leur femme, ils n'allaient pas au salon de coiffure. Il les faisait beaucoup rire – toujours les rires – à chacune de ses prises de parole *Ah ! Celui-là il fait du vélo sans selle. J'aimerais pas ramasser la savonnette à côté de lui. Lui, pédé ? Plutôt se faire enculer.* L'humour qui à certains moments cédait la place au dégoût *Faut les pendre ces sales pédés, ou leur enfoncer une barre de fer dans le cul.*

C'est à ce moment, au moment où ils faisaient des commentaires sur l'homosexuel de la télévision, que je suis rentré du collège. Il s'appelait Steevy. Mon père s'est tourné vers moi, il m'a interpellé *Alors Steevy, ça va, c'était bien l'école ?* Titi et Dédé se sont esclaffés, un véritable fou rire : les larmes qui coulent, le corps qui se tord, comme soudainement possédé par le démon, la difficulté à reprendre sa respiration *Steevy, oui c'est vrai que maintenant que tu le dis, ton fils a un peu les mêmes manières quand il parle.* L'impossibilité, encore, de pleurer. J'ai souri et je me suis précipité dans ma chambre.

# L'autre père

Ma mère m'avait rapporté cette anecdote. C'était lors d'un des bals du village – des bals aux noms saugrenus qui avaient lieu dans la salle des fêtes plusieurs fois par an « Soirée tartiflette et années quatre-vingt », « Soirée cassoulet et sosies de Johnny ». Il y avait un homosexuel, courageux, qui avait pris la décision de vivre sans se cacher. Il se rendait à ces soirées avec des hommes rencontrés probablement sur des lieux de drague à quelques kilomètres de là, sur des parkings déserts ou des stations-service sordides. S'y rendaient également les garçons du village, les bandes de copains qui venaient boire, s'amuser, chanter et essayer de séduire les rares filles qui n'étaient pas encore prises, qui n'avaient pas encore d'enfants. L'alcool, l'effet de groupe, les garçons ont commencé à cha- huter l'homosexuel, quelques coups d'épaule, des regards que l'on pourrait qualifier d'agressifs, *Eh t'es pédé toi ou quoi, tu aimes la bite, baisse les yeux ou je te pète la gueule.* Mon père est arrivé, il avait tout entendu. Il était terriblement en colère, il a serré la mâchoire avant de s'adresser à eux,

*Vous allez lui foutre la paix bordel de merde, vous vous croyez malins à l'insulter, ça vous regarde si il est pédé ? Ça vous dérange ?* Il leur a dit de rentrer chez eux *Faites plus chier. Il était à deux doigts de leur tomber dessus* a conclu ma mère.

Ma mère m'avait aussi relaté cet épisode de la vie de mon père, quand, vers vingt ans, il avait décidé d'arrêter l'usine, de tout quitter pour partir dans le sud de la France *Il a dit merde à son patron, c'était pas facile tu sais, tu t'en rends bien compte ici les gens ils bougent pas. Ils commencent l'usine après le collège pis ils restent dans le village toute leur vie ou alors ils s'installent dans un patelin mais pas trop loin. Ton père lui il s'est carrément barré.*

Mon père est parti. Il avait dû en rêver très souvent. Il s'imaginait que là-bas le soleil aiderait à supporter l'usine, que les femmes seraient plus belles. Il est parti. À Toulon il a tenté de trouver du travail, sans succès. Ma mère : *Il a essayé de trouver du travail comme serveur dans un bar mais je crois bien qu'il a passé plus de temps à picoler au comptoir du bar qu'à y demander du travail. Je sais pas si il faisait des trucs en échange, ce qui se passait vraiment parce que ton père il est pas bavard, mais c'était une vieille femme qui l'hébergeait. Une vieille avec plein d'argent. Une mormone dans mes souvenirs.*
Lors de son voyage, il s'était lié d'amitié avec un jeune voyou (ma mère disait : *un pique-pochette*, elle écorchait sans arrêt les mots) qui se faisait

appeler *Neige*, un surnom ironique à cause de sa peau mate de Maghrébin. Ils sont devenus des amis très intimes, passant leurs soirées ensemble, partant draguer les filles à deux. Ils ont été inséparables plusieurs mois avant que mon père ne revienne dans le Nord, ma mère ne savait pas pourquoi. Son passé l'avait rattrapé, comme si en dépit de ses efforts il ne pouvait pas y échapper. Ce qu'elle ne comprenait pas : *Et donc c'est pour ça que ton père en parle pas de ça, de son voyage quand il vivait dans le Sud, parce que quand même c'est bizarre, c'est pas logique, il dit qu'il faut tuer les bougnoules et quand il vivait dans le Midi, son meilleur copain c'était un bougnoule. Je te dis ça parce que je comprends pas pourquoi ton père il est raciste comme ça, moi je suis pas raciste, c'est vrai que les Arabes et les Noirs ils ont tous les droits et ils prennent tout notre argent de l'État, mais quand même je suis pas à vouloir les tuer ou à vouloir les pendre ou les mettre dans les camps comme ton père.*

# La résistance des hommes
# à la médecine

À force d'injures et des remarques de mon père, j'avais donc fini par me rapprocher de quelques garçons du village. Si je les appelais *les copains*, *ma bande*, il était évident que c'était un fantasme que j'exprimais et que j'étais plutôt un élément isolé qui gravitait autour d'eux. Jamais je ne parvins à complètement m'intégrer aux cercles de garçons. Nombreuses étaient les soirées où ma présence était soigneusement évitée, les parties de football auxquelles on ne me proposait pas de participer. Ces choses dérisoires pour un adulte qui marquent un enfant pour longtemps.

Plusieurs fois par semaine nous nous retrouvions dans le hangar à bois des voisins, sans véritablement planifier ces moments. Un vaste hangar planté au milieu de la cour, imposant, comme construit dans la précipitation ou victime d'une terrible tempête, sans cesse sur le point de s'effondrer. Il en existait dans la quasi-totalité des jardins, fabriqués avec de larges et fines tôles d'acier récupérées à la décharge. À cette époque – c'était pourtant il y a peu de temps, au tout début du XXI<sup>e</sup> siècle : le village, loin de la ville, du mouvement et de l'agitation, était aussi à l'écart du temps qui passe –, les grillages ne divisaient pas encore les jardins et nous partagions derrière les maisons une grande cour commune qui nous permettait de nous retrouver facilement, sans en avertir les adultes, sans être vus.

Nous restions l'après-midi à jouer au milieu des tas de bois et des sciures qui témoignaient des heures que passaient les hommes à couper des bûches pour alimenter les poêles et chauffer les maisons. Je marchais les pieds nus au milieu des clous rouillés et des écorces couvertes de champignons, ma mère qui hurlait *On marche pas à pieds nus, c'est dangereux, les clous dans le bois, le risque du tétanos ou d'une infection. T'es vraiment pas bien toi, tu peux pas mettre des pompes et faire un peu gaffe.* Aussi : *Ah celui-là il a beau être fort à l'école, il est pas malin.*

Un jour, comme ma mère l'avait prédit, je marche sur un clou. La honte, ou plutôt l'orgueil, qui m'empêche de lui dire qu'elle avait raison. Je décide de me taire, cacher la plaie ouverte par le clou dans mon pied droit. Après quelques jours apparaît une tache noire et suppurante sur mon pied, qui prend de l'importance, gagne en surface, s'étale comme une tache d'encre sur un tissu. Quelques jours encore, et puis l'inquiétude qui progressivement m'envahit, comme ces prises de conscience trop tardives qui plongent dans l'inertie. Ces fois où, plus le temps passe, plus les chances de corriger une erreur, de régler une situation embarrassante, sont minces, et plus la capacité à réagir s'amenuise. Je décide enfin – après un effort colossal pour m'arracher à l'inaction, à la contemplation d'une situation de plus en plus délicate, et même, je crois pouvoir le dire, dangereuse – d'appliquer chaque jour (plusieurs fois dans une même journée, car à ce stade ce n'est plus l'inquiétude mais la panique qui me saisit face à ce mot dont je ne sais rien ou du moins que très peu de choses mais qui résonne en moi sans me laisser de répit : *tétanos*) du parfum pour désinfecter la plaie – parfum bon marché à l'odeur repoussante que portait ma mère. Quand elle sent l'odeur de son parfum sur moi, elle me demande si je ne suis pas fou à porter un parfum de femme, celui de ma propre mère. Elle formule la thèse de la folie pour ne pas laisser échapper cet autre mot, *pédé*, ne pas penser à l'homosexualité, l'écarter, se convaincre que c'est de la folie qu'il s'agit, préférable au fait d'avoir pour fils une tapette.

J'avais hérité de mon père ce détachement vis-à-vis des problèmes de santé. Plus encore que d'un détachement, il s'agissait de méfiance, d'hostilité à l'égard de la médecine et des médicaments. Il me faudra des années, même adulte, même loin du village de mon enfance, du monde qui m'a créé, pour accepter de prendre des médicaments. Aujourd'hui encore, je ne peux m'empêcher d'éprouver une sorte de répulsion à l'idée d'ingérer des antibiotiques ou d'appeler un médecin. D'une manière générale – pas seulement mon père –, les hommes n'aimaient pas ça. Ils en faisaient un principe *Moi je fais pas de chichis à prendre de médicaments tout le temps, je suis pas une lopette.* J'avais été façonné par l'expérience de la résistance à la médecine, notamment en raison de mon désir obsessionnel de m'identifier, de mimer – sinon singer – les caractéristiques masculines. « Qui ne se sent pas un homme en effet aime à le paraître et qui sait sa faiblesse intime fait volontiers étalage de force. »

Mon oncle avait fait les frais de la négligence des hommes vis-à-vis de leur santé. Durant toute sa vie il avait fumé sans jamais se poser les questions de l'excès, des limites, du raisonnable. Le tabac jaunissait ses dents, plus noires que jaunes, l'odeur des Gitanes imprégnait ses vêtements. Il avait fumé mais aussi beaucoup bu après le travail, comme mon père, pour oublier ses journées harassantes à porter des cartons, des colis, à manger en quinze minutes montre en main un mauvais repas réchauffé, préparé la veille par sa femme et déposé dans sa gamelle. Le bruit du centre de tri, assourdissant, agressif même. À peine le temps de s'asseoir pour déjeuner et le rappel oppressant du chef de chaîne s'il dépassait d'une minute le temps de sa pause. Ma mère me parlait de son penchant de plus en plus prononcé pour l'alcool *Ça y est il est devenu alcoolique ton oncle comme tous les autres, vraiment tous les mêmes, pas un pour rattraper l'autre.* De plus en plus fréquemment il était possible de le voir tituber dans les rues, insultant les habitants du village, adressant des propos obscènes aux jeunes femmes *Toi je te baise, ramène ton cul chérie, viens salope* allant jusqu'à retirer ses vêtements pour montrer son sexe en public. Ma tante essayait de rester digne, de feindre d'ignorer les débordements de son mari devant les autres femmes à la sortie de l'école.

Quelqu'un a fini par le trouver inanimé sur le trottoir, presque mort, face contre terre et la peau du visage à vif, écorchée par la chute qu'il venait de faire, le nez brisé. Coma éthylique. Celui qui l'a découvert a appelé les pompiers.

Mon oncle retrouvé tête contre le bitume, emmené à l'hôpital par une ambulance. Au bout de quelques minutes, presque la moitié du village se trouvait rassemblée autour de son corps inerte. Ma tante est venue nous voir le soir même, le visage fermé, dur, sans une larme. Elle nous a dit que la situation était grave. Mon oncle avait trop fumé, trop bu, son hygiène de vie déplorable avait provoqué un accident vasculaire cérébral. Il était paralysé *Le médecin il m'a dit qu'il se réveillerait peut-être même pas, moi je lui avais dit d'arrêter l'alcool, je lui avais dit mais il en avait rien à faire du tout. Trop borné qu'il était.*

J'apprenais deux semaines plus tard l'existence et la signification du mot *hémiplégie*. Mon oncle était paralysé de toute la partie gauche de son corps. Il allait rester alité jusqu'à la fin de ses jours – ce qui, avait précisé le médecin avec cet air désolé qu'ils prennent en ces circonstances, ne devrait pas se faire attendre trop longtemps. Son état de santé ne cessait de s'aggraver. Les quintes de toux duraient des heures, il poussait des cris toute la journée, et particulièrement la nuit, où il réveillait ma tante pour qu'elle le change de position dans le lit, le retourne à cause de ses membres qui s'engourdissaient, *les fourmis dans les bras*. Ma tante : *Moi j'en peux plus, j'ai envie de me foutre en l'air des fois*. Ses crises de démence, probablement à cause de la situation dans laquelle il se trouvait, la lassitude d'une existence alitée dans le salon. Il n'y avait pas de place dans la chambre pour que l'on puisse y installer le *lit d'hôpital*. Il insultait ma tante *Salope, de toute façon t'as qu'une envie c'est que je crève, t'attends que ça.*

Ma tante : *Et quand il me dit ça je trouve que c'est pas juste, parce que j'aurais pu, si j'aurais voulu, j'aurais pu l'envoyer dans une maison de retraite, mais j'ai pas voulu, j'ai préféré rester avec lui et m'en occuper, je vais m'en occuper jusqu'à la mort, je suis sa femme c'est normal.*

Malgré la situation mon oncle refusait de se soigner.

Ma tante, toujours : *Et moi je peux rien lui dire, c'est sa fierté il a jamais aimé ça les médicaments, c'est un homme je peux rien dire. Mais tant pis pour lui parce que si ça continue il pourrait lui arriver des bricoles, la même chose qu'à Sylvain.*

# Sylvain (un témoignage)

Sylvain était très admiré dans la famille. Mon cousin Sylvain, de dix ans mon aîné, un dur, avait passé une grande partie de sa jeunesse à voler des mobylettes, organiser des cambriolages où il raflait des télévisions et des consoles de jeux pour les revendre ensuite, vandaliser des bâtiments publics, faire sauter des boîtes aux lettres. Il s'était fait arrêter à plusieurs reprises alors qu'il dealait de la drogue ou qu'il conduisait ivre, ses enfants assis sur la banquette arrière *Il arrêtait pas de faire des conneries. Il était pas comme toi, lui, l'école ça lui plaisait pas.* Quand ma tante, ou n'importe quel autre membre de ma famille, parlait des exploits de Sylvain, la fierté d'avoir dans la famille un dur aussi dur prenait toujours le pas sur l'inquiétude ou les reproches *Faudrait qu'y se calme un peu Sylvain, il va perdre la garde des gosses.*

Sylvain avait été élevé par notre grand-mère après que sa mère eut perdu la garde de ses enfants en raison, je crois, de son alcoolisme. Elle avait déjà attisé la méfiance des services sociaux, ayant fait la plupart de ses enfants avec son propre cousin.

Après plusieurs petits délits de toutes sortes, et à force de reproduire sans cesse les mêmes infractions, le tribunal a pris la décision – de longs mois déjà que la sentence menaçait de tomber sur mon cousin – de l'envoyer en prison, une peine d'une trentaine de semaines. Lorsqu'elle rentrait des visites au parloir, ma grand-mère nous racontait les difficultés qu'il rencontrait : les bagarres avec les autres détenus, la vie quotidienne en prison, particulièrement difficile pour les plus pauvres détenus. Tout était payant là-bas *Vous vous rendez compte, même le papier cul il doit le payer. Franchement c'est scandaleux.* Et aussi, ma grand-mère osait à peine le dire, seulement quelques insinuations qui la faisaient rougir et baisser les yeux, les viols commis par les détenus sur les autres détenus, et, en l'occurrence, sur mon cousin. Elle n'en était pas certaine puisque Sylvain en parlait à peine du bout des lèvres, comme elle. Un partage de l'humiliation sans les mots.

Après quelques semaines de prison, le tribunal lui avait accordé une permission, *pour bonne conduite*, disait ma grand-mère, un week-end, le temps de voir sa famille et ses amis. Il avait mis en place un programme, minutieusement, passant des heures, des nuits à en rêver sur son lit, à organiser ses jours de liberté à venir avec l'excitation d'un enfant tandis que le week-end en question s'approchait et que cet emploi du temps devenait toujours plus concret (je ne fais ici qu'essayer d'imaginer, de reconstituer l'état d'esprit de mon cousin à ce moment-là). Il avait raconté à ma grand-mère le sentiment de bonheur qu'il avait éprouvé durant sa permission. Il avait compris que quiconque avait connu autant de difficultés pouvait éprouver le bonheur mieux que n'importe qui d'autre. Il avait compris que l'un n'existait que par rapport à l'autre et qu'il manquait quelque chose à ces gens qui ne connaissent que le confort sans jamais éprouver le besoin ou l'humiliation. Comme si ceux-là n'avaient pas vraiment vécu.

Il avait pu faire l'amour à sa femme, jouer avec ses enfants, choisir l'heure et la composition de ses repas. *Il a vite fait été au McDo, ça lui manquait.*

Ma grand-mère nous a raconté la suite, l'air désolée.

*Quand il est venu me voir – c'était la veille au soir du jour où il devait retourner dans sa cellule de la prison –, je l'ai tout de suite vu. Je l'ai vu dans ses yeux qu'il y avait un truc qui clochait, parce que je le connais bien mon Sylvain, c'est moi qui l'a élevé. J'ai appris. Il avait l'air triste, mais aussi, en même temps, c'est dur à expliquer, pas facile, en même temps il avait l'air content, parce qu'il savait qu'il y retournerait pas. Tout était déjà prévu dans sa tête. Je crois bien même que quand il a ouvert la porte et qu'il est rentré, tout de suite, dans la seconde même, j'ai compris qu'il avait déjà choisi de plus remettre les pieds là-bas. Qu'est-ce que tu voulais que je lui dise*

*moi, ça faisait tellement longtemps que je l'avais*
*pas vu si heureux mon Sylvain, et ça aurait servi*
*à rien, vous le connaissez, personne n'a jamais*
*réussi à le faire changer d'avis.*

*Un dur.*

*Au début, il s'est assis, il a fait comme si de*
*rien n'était. Il m'a demandé, et ça il ne le faisait*
*jamais, il ne l'avait jamais fait en presque trente ans,*
*alors c'était un indice en plus, il m'a demandé ce*
*que j'avais fait de ma journée. C'était con. C'était*
*bête parce qu'il s'en doutait bien. Mais j'ai joué*
*le jeu. J'ai répondu : J'ai été chercher le pain à*
*la boulangerie, j'ai donné à manger aux poules, et*
*puis j'ai regardé la télé tranquillement dans mon*
*canapé. Comme d'habitude. Lui il était là, comme*
*une gueuge. À ce moment-là y a eu un silence. Tu*
*sais que dans ces moments-là, ils paraissent longs*
*les silences. C'est presque comme si tu comptais*
*les secondes, et comme si une seconde ça durait*
*une heure. Ça fout mal à l'aise. Je veux dire,*
*d'habitude, je suis pas mal à l'aise avec Sylvain.*
*Jamais. Je l'ai élevé, alors les silences, au bout*
*d'un moment, on oublie. Ça n'a plus d'importance,*
*c'est la vie. C'est même pas qu'on s'en fout, c'est*
*qu'on s'en rend même pas compte. Mais ce jour-là,*
*ce jour-là c'était pas pareil.*

Mon cousin a pris la parole après ce long silence.
Le plus difficile pour lui était qu'il savait que
ma grand-mère avait compris. Il s'apprêtait à dire
quelque chose qu'elle avait anticipé. L'appréhension
de ne pas le dire correctement, qu'elle ne comprenne

pas. L'enjeu n'était pas de lui dévoiler quelque chose mais de faire en sorte qu'elle accepte ce qu'elle savait déjà. Il a donc déclaré qu'il ne retournerait pas en prison. Non pas qu'il ne voulait pas, que c'était sa volonté qui était en jeu, un choix à faire, là, dans cette situation, mais qu'il ne pouvait pas, c'était impossible. Il ne pouvait plus manger tous les jours la même nourriture *Je te jure mamie, on parle toujours de la bouffe de l'hôpital, mais là-bas c'est encore pire.* Voir les autres détenus qu'il haïssait, même les amis qu'il s'était faits là-bas, d'ailleurs, ceux avec qui il passait du temps pendant les pauses dans la cour, à qui il parlait de sa femme et de ses enfants, ceux qui étaient devenus une deuxième famille pour lui, il disait *mon clan*, ceux qui le protégeaient, l'aidaient, qu'il protégeait et aidait en retour, même eux il les détestait quand il y réfléchissait (comme si les individus, les autres, étaient toujours associés à un lieu, un espace, un temps particuliers, dont il était impossible de les dissocier, comme s'il existait une géographie des liens, de l'amitié, et que la détestation des lieux entraînait, inexorablement, fatalement, la détestation de ceux qui s'y trouvent). Il ne pouvait plus sentir l'odeur des cellules, plus entendre le fou du dessus qui chaque nuit tapait des poings contre le mur, faisant vibrer non pas les barreaux, car il n'en existe quasiment plus dans les prisons modernes, mais les portes de métal qui les remplaçaient. Sylvain était moins perturbé par le bruit que faisait le fou que par la peur de se voir en lui, de se dire que pourrait arriver son tour, le jour où ce serait lui qui, trop las de rester enfermé dans ces quelques mètres carrés, basculerait dans cet état de démence.

Ma grand-mère : *Alors il me l'a dit, Je suis désolé mamie mais j'y retournerai pas. Il me fixait bien dans les yeux. J'ai pas baissé les miens. Moi aussi je le fixais pour lui montrer que ce qu'il était en train de me dire je pouvais l'entendre sans problème, j'étais pas choquée. Il avait pas besoin de parler avec des mots gentils. C'est pas parce que je suis une femme. Donc moi qu'est-ce que j'ai fait ? J'ai fait un peu la moue j'ai fait la tronche, faire semblant d'hésiter et même d'être un peu en colère, histoire de savoir si il était vraiment sûr et certain de ce qu'il voulait. Il savait. Si j'aurais dit que non, qu'il devait y retourner, il m'aurait répondu, et faut avouer qu'il aurait pas eu complètement tort, c'est ça qu'il m'aurait retourné : Tu veux que je finisse en taule, crever en taule ? Je pouvais pas me le permettre. Je lui ai demandé T'es sûr de toi, sûr de ton choix ? Il a répondu : Oui mamie parce que si je retourne là-bas, aucun doute, tu me verras plus jamais. Ça m'a un peu foutu les boules quand il m'a dit ça. Je me suis retenue de pleurer alors que je suis pas une femme qui pleure moi en temps normal. J'ai fait semblant de me moucher en disant Ah bordel de merde c'est la récolte des blés ça me file le rhume des foins. Il m'a embrassée et il est parti.*

Sylvain est rentré chez lui après ça. Il a fêté sa liberté avec quelques amis. Tout s'est bien passé dans un premier temps, la police n'est pas venue le trouver tout de suite. Il avait dû imaginer à cause des séries télévisées qu'il regardait, l'espace d'un instant, que la police arriverait, des dizaines de voitures et peut-être même un hélicoptère, qui tous auraient encerclé la maison, déclarant, vociférant dans un mégaphone *Monsieur Bellegueule, vous êtes en état d'arrestation, ne faites plus aucun mouvement.*

Quand il a atteint l'ivresse (*Ce soir je me la mets pour fêter ça*), il est allé chercher ses enfants, dans leur chambre, qui regardaient une cassette vidéo *Les enfants on va faire un tour en voiture.* Comme mon père qui, lorsqu'il était saoul, ressentait toujours ce besoin de prendre le volant. Un défi contre lui-même. Les enfants étaient heureux, ils ne se demandaient pas pourquoi maintenant, à cette heure-ci. Ils ont mis leurs chaussures en gardant leur pyjama. Sa femme a dit *Non.* Elle lui a dit qu'il avait trop bu, trop pris de drogue pour ce soir, ce serait déraisonnable de sa part *T'as quand même pas envie de te bousiller et de bousiller tes gosses avec.* La dispute a éclaté. Sylvain disait à sa femme qu'elle n'avait pas à dire ça. Elle ne pouvait pas se le permettre. Elle ne savait pas ce que c'était de vivre en prison, tout ce qu'il avait vécu, qu'elle ne pourrait jamais, même avec la meilleure volonté du monde, soupçonner ce que cela représentait. Ces paroles que fait surgir l'alcool et dont on ne sait jamais vraiment si elles sont enfouies depuis trop longtemps, refoulées au fond de celui qui les prononce, ou si elles n'ont aucun rapport à la vérité *En plus c'est de ta faute si j'ai fini en prison, parce que tu m'as pas assez aimé, sinon j'aurais pas ressenti le besoin de faire des conneries comme ça, j'ai juste essayé de compenser un manque d'amour, déjà que ma mère m'avait abandonné, j'ai toujours été abandonné moi quand on y réfléchit.* Un discours professé par les psychologues à la télévision que ma grand-mère lui avait mis dans la tête. Elle m'avait déjà dit, à moi, que la femme de Sylvain ne s'en occupait pas assez et qu'elle était, en ce sens, responsable de son comportement. Dans le village, les comportements des hommes étaient souvent imputés aux femmes, dont le devoir était de les contrôler, comme lors des bagarres à la sortie du bal *Alors tu parles que sa femme elle, elle s'en foutait de Sylvain. Une vraie salope.*

Sylvain, après la dispute, a pris la voiture et il est parti sans les enfants, la colère animant chacune des parcelles de son corps. Quelques kilomètres plus loin, un véhicule de police l'a arrêté.

Ma grand-mère à nouveau : *Tu parles que quand les flics ils l'ont arrêté, ils savaient déjà. Tout était prévu. Ils l'ont pas dit tout de suite, ils ont fait semblant que c'était un simple contrôle, un truc de routine. Faire semblant de pas le connaître. Ils lui ont demandé qu'il souffle dans le ballon, alors quand il a soufflé, ils ont dû être contents, parce qu'ils avaient un prétexte en plus pour l'arrêter. Ils l'auraient fait avec ou sans ça, mais là ça faisait en plus, on appelle ça des circonstances aggravantes. Puis pour bien faire il avait fumé de l'herbe, et les flics ils sont pas cons, ils ont l'habitude, c'est quand même leur métier. Tout de suite ils l'ont senti. Ils ont fait un test d'alcoolémie, et tu connais Sylvain, il buvait bien. Une bonne descente, comme on dit, tu pourrais pas la remonter à pied. Là, je sais pas mais je crois quand même que les flics y prenaient du plaisir à le faire mijoter, à le faire attendre en se disant qu'il devait avoir la trouille. Celui qui parlait, le chef je crois bien, il a demandé ses papiers à Sylvain et il a été jusqu'à sa voiture pour vérifier sur son ordinateur, les petits ordinateurs qu'il y a toujours dans les voitures de police pour qu'ils puissent reconnaître tout de suite quelqu'un. L'identifier.*

*Il a pété les plombs Sylvain. Il a appuyé sur la pédale d'accélération, comme si il allait s'échapper. Donc le policier qu'est-ce qu'il a fait ? Ben il s'est mis devant la voiture, dire de l'empêcher de prendre la fuite. Je sais pas ce qui s'est passé dans la tête de Sylvain, un déclic, un coup de folie comme les chiens qui sont gentils comme tout et qui un jour se jettent sur la pauvre gamine qui joue tranquillement avec ses poupées dans le salon, qui lui bouffent le visage et que la gamine elle se retrouve soit morte, soit défigurée pour toute sa vie alors que souvent, dans ces cas-là, le chien il connaît bien la gamine, c'est le chien de la famille, qu'ils ont passé des heures et des*

126

heures ensemble, et que le clébard c'était le plus gentil du monde. Que les parents ils essayent de calmer le chien mais dans ces situations-là, t'as beau faire qu'est-ce que tu veux, c'est pas possible, pas possible du tout. Tu imagines toi, le chien que t'as élevé, que t'as nourri, avec qui tu faisais des câlins pis encore des câlins, et que tu le vois, là, devant toi, un beau jour sans prévenir, en train de bouffer tes enfants. Tu te jettes sur le chien, tu le tapes de toutes tes forces, paraît que quand t'es très en colère ou que t'as très peur ta force est multipliée par dix, tu cries, tu pleures, enfin bon j'essaye de m'imaginer parce que heureusement ça m'est jamais arrivé. Mais plus tu frappes le chien et plus il serre les dents sur le cou de ta gamine, et le sang qui coule partout dans la pièce, qui gicle même et ta petite fille qui essaye de crier mais qui y arrive même pas, c'est juste un souffle qui sort de sa bouche, je crois qu'on dit un râle, alors, je sais pas j'essaye d'imaginer, mais tu cours jusqu'à la cuisine chercher un couteau de boucher, tu reviens et tu poignardes ton clébard. On croit que c'est facile de tuer quelqu'un comme ça, mais en vrai, je le sais quand je tue mes poules pour les manger, en vrai c'est dur. Il faut bien appuyer sur le couteau pour qu'il s'enfonce dans la chair, faut avoir des forces. Faut le vouloir, je te le dis moi. Tu fous des coups de couteau au chien mais il est trop tard, parce que quand t'as enfin réussi à le crever cette sale bête, tu te rends compte que ta gamine elle est déjà à moitié morte. Deux cadavres sur le dos.

*Enfin bref c'est pas ce que je disais, c'était pas ce que je voulais dire. Sylvain. Il appuie sur la pédale d'accélérateur, le flic se met devant pour l'empêcher de se barrer, mais il se passe un truc dans la tête de Sylvain et il démarre, il accélère, il fonce sur le policier et il lui rentre dedans. Le flic il passe par-dessus le pare-brise. Ça va parce qu'il lui arrive rien de grave, il se relève tout de suite et avec ses collègues ils poursuivent Sylvain, la même chose que les courses-poursuites qu'on voit à la télé. Mais mon biloute, il se laisse pas faire, il arrive à semer la police. Ils le perdent.*

Quelques heures plus tard Sylvain était retrouvé sur un chantier où l'on construisait de nouvelles maisons. Il savait qu'il finirait par être arrêté. Il s'est rendu sur les lieux avec la batte de base-ball qu'il gardait toujours dans sa voiture au cas où l'un des garçons à qui il devait de l'argent – le trafic de drogue – ne le surprenne un jour et ne l'agresse pour récupérer son dû. Il avait brisé les fenêtres une à une, poussant des cris qui résonnaient dans la nuit calme. Il avait tout brisé, essayant de mettre le feu et hurlant toujours plus fort, de sorte qu'on aurait pu croire qu'il avait cherché à avertir les voisins (et donc, indirectement, la police) de sa présence. Il ne voulait pas aller en prison, y retourner pour un simple refus de rentrer de permission. Justifier sa peine. Quand la police est arrivée elle l'a découvert au milieu des bris de verre, des morceaux de briques et de tuiles qu'il avait projetées contre les murs. Il avait écrit sur le mur *NLP*, d'immenses lettres tracées à l'aide d'une bombe de peinture. Il n'a pas opposé de résistance quand les menottes lui ont été mises.

Sylvain est arrivé au tribunal. Il avait l'air très calme, comme lorsque la police l'avait arrêté. Moins agité qu'on aurait pu le penser et qu'il avait pu l'être auparavant. Le procureur lui a posé les questions habituelles : pourquoi avoir fait ça, pourquoi de cette façon-là, les questions sur son passé, ses enfants, sa vie privée *Et votre père que vous n'avez jamais connu, votre mère qui vous a abandonné, pensez-vous que tout ça, que tous ces éléments de votre vie soient pour quelque chose dans vos actes de délinquance ?* D'autres questions qu'il ne comprenait pas à cause du langage, pas seulement de l'institution judiciaire, mais des mondes où les individus font des études *Affirmeriez-vous que vos actes sont imputables à des contraintes extérieures ou avez-vous la sensation que seul votre libre arbitre était en jeu dans cette affaire ?* Mon cousin a balbutié qu'il n'avait pas compris la question et il lui a demandé de répéter. Il n'était pas gêné, il ne ressentait pas directement la violence qu'exerçait le procureur, cette violence de classe qui l'avait exclu du monde scolaire et, finalement, par une série de causes et d'effets, cette violence qui l'avait mené jusque-là, au tribunal. Il devait penser au contraire que le procureur était ridicule. Qu'il parlait comme un pédé.

Après cette série de questions, il lui a enfin demandé – une simple formalité puisque tout le monde pensait savoir – ce qu'il avait voulu dire avec ce *NLP*. Ma famille en avait déjà longuement parlé depuis l'arrestation *Sylvain c'est vrai qu'il a jamais pu sentir les flics, il peut pas les voir en peinture*. Le procureur lui a demandé d'où lui venait cette haine de la police, pourquoi avoir pris le soin, alors qu'il était en train de tout mettre à sac sur ce chantier dévasté après son passage (éclats de verre, de briques, d'ardoises), d'aller chercher une bombe de peinture dans sa voiture pour écrire *NLP*, sigle qui signifie, tout le monde le sait, *Nique la police*, sur le mur, un acte qui aurait été calculé longtemps à l'avance et qui – de ce fait – ne correspondait pas à l'état de folie que reflétait le comportement de Sylvain sur le chantier. *Mais monsieur le procureur vous avez rien compris. NLP ça voulait pas dire Nique la police. Ça voulait dire Nique le procureur.* Cet affront au procureur fait, aujourd'hui encore, frémir les membres de ma famille quand ils racontent cette histoire *Il avait des couilles celui-là*. Il est retourné en prison, il avait pris six ans. Et puis un cancer des poumons à un stade avancé a été diagnostiqué. Il a refusé les médicaments. On l'a retrouvé un matin, mort, dans sa cellule de prison. Il n'avait pas trente ans.

(Je suis revenu deux jours dans le village de mon enfance pour réunir des informations sur ma famille. J'y suis allé dans le but de voir ma grand-mère et de lui poser des questions sur mon cousin Sylvain. Elle m'a accueilli dans son nouveau petit lotissement HLM où les maisons sont toutes exactement semblables. Elle a quitté celle dans laquelle elle a toujours vécu pour la revendre à ma sœur. C'était la deuxième fois que j'entrais là. Alors que la première fois que je suis venu la maison était propre, j'ai eu l'impression cette fois que ma grand-mère s'emparait progressivement des lieux. Odeur de saleté, de chien sale – elle a effectivement un petit chien avec elle dans sa maison de trente mètres carrés, tous ceux qu'elle avait dans son ancienne maison sont morts désormais. Je ne sais pas comment décrire cette odeur de chien sale, souvent présente dans les maisons du village, chez ma mère aussi. Elle m'a proposé quelque chose à boire et j'ai accepté. Elle m'a tendu un verre sale. Je suis resté silencieux, n'osant rien dire. J'ai pris le verre dans lequel elle a versé un sirop de fraise. Elle est allée jusque dans la cuisine où elle a rincé une petite bouteille de lessive vide avant de la remplir d'eau. J'ai compris qu'elle allait s'en servir de carafe. Malgré mon dégoût, je n'ai toujours rien dit et je l'ai laissée verser de l'eau dans mon verre, horrifié par les particules de lessive qui s'y trouvaient. Pendant deux heures je l'ai interrogée sur notre famille sans toucher à mon verre. Elle jetait dessus des petits regards furtifs et interrogateurs.)

# LIVRE 2

## L'échec et la fuite

# Le hangar

C'est arrivé peu après les premiers coups des deux garçons. Quelques mois plus tard tout au plus.

Tout a commencé lors d'une de ces journées que nous passions dans le hangar à bois des voisins. Bruno nous avait proposé cet après-midi-là d'entrer chez lui : ses parents n'étaient pas présents. Il avait proposé d'aller dans sa chambre pour regarder un film, insistant *J'ai quelque chose, un truc terrible à vous montrer.* Étant de cinq ou six ans plus jeunes que lui, nous cédions toujours à ses envies, lui qui se faisait appeler le *chef de la bande.*

Il nous avait fait asseoir sur son lit, un matelas à l'origine blanc ou écru devenu marron, orange à cause de la saleté, tourbillons de poussière quand nous nous asseyons dessus, odeur de renfermé, de placard humide. Il s'est absenté quelques secondes. Quand il est revenu il tenait dans la main une cassette vidéo, un film pornographique *Un film de cul que j'ai volé à mon père, il le sait pas, parce que si il le saurait ça c'est sûr qu'y me tuerait.* Il a proposé que nous le regardions entre amis. Les deux autres, mon cousin Stéphane et Fabien, l'autre voisin de Bruno, ont approuvé. Quant à moi je ne voulais pas. J'ai dit que ce n'était pas possible, on ne pouvait pas faire ça. J'ai ajouté que je jugeais ça suspect et même assez tordu, des garçons qui regardent ensemble un film pornographique. Mon cousin avait proposé d'un air faussement amusé, avec juste ce qu'il faut d'enjoué dans la voix pour qu'il puisse, si nous avions mal réagi, dire qu'il plaisantait, que cette proposition n'était qu'une plaisanterie, qu'il n'aurait jamais pensé sérieusement à cela, mais aussi juste assez de sérieux et d'autorité dans le ton pour que nous puissions comprendre que sa demande en était réellement une, il avait proposé que nous nous masturbions tous ensemble devant le film. Il y a eu un court silence. Tout le monde s'observait pour essayer de percevoir dans les yeux des autres comment il fallait réagir. Ne pas prendre le risque de donner une réponse qui aurait pu devenir un facteur d'isolement, de moqueries.

Je ne sais plus qui a pris ce risque le premier en acceptant la proposition de mon cousin, entraînant par là même l'approbation générale. Je ne pouvais pas accepter *Mais moi j'ai pas envie de voir vos bites, je suis pas un sale pédé.*

Je me tenais à l'écart de tout ce qui se rapprochait plus ou moins de l'homosexualité. Un soir, nous étions au stade municipal du village – en réalité, en ces temps-là et avant les travaux qui surviendront, plutôt une sorte de grande étendue d'herbe verte de laquelle sortaient, comme émergeant des profondeurs de la terre, des poteaux d'acier rouillé faisant office de buts –, stade dans lequel nous rentrions frauduleusement la nuit en escaladant les barrières. Nous allions y boire les bières ramenées de l'arrêt de bus. Ce soir-là, mon cousin Stéphane, qui avait bu, avait commencé à tenir des propos insensés sur lui-même et sur sa force physique *Moi je suis une bête les mecs, je suis une bête, celui qui me touche il est mort.* Il avait retiré ses vêtements un à un, justement dans le but d'exhiber cette puissance de son corps qu'il évoquait, jusqu'à être complètement nu. Dans le village, les hommes le faisaient régulièrement quand ils étaient ivres, comme mon oncle paralysé avant son accident ou Arnaud et Jean, qui chaque année à l'occasion de la fête municipale finissaient nus, debout sur les rangées de tables construites pour que les villageois puissent communier autour des barquettes de frites et des grillades. Les grillades étaient préparées par le père de Fabien, *Merguez*, surnommé ainsi parce qu'il était celui qui s'occupait du barbecue lors des festivités municipales et des brocantes. Fabien était également surnommé *Merguez* : les surnoms étaient héréditaires.

Les autres riaient *Lui il est complètement bourré, rond comme une queue de pelle, plein comme une huître.* Mon cousin courait d'un bout à l'autre du terrain de football, nu, en exhibant son sexe dont la taille imposante m'intimidait. Alors les autres garçons, hilares, se sont mis à l'imiter et à reti-

137

rer leurs vêtements. Ils couraient, touchaient leur propre sexe et ceux des autres. Les sexes qui avec le mouvement des corps se retrouvaient propulsés d'une cuisse à l'autre, percutant une jambe puis l'autre puis le bas-ventre. Ils se frottaient, peau contre peau, pour mimer l'acte sexuel. Les garçons rient beaucoup de ces choses-là.

L'un d'entre eux m'a demandé pourquoi je ne les rejoignais pas. J'ai répondu assez fort pour être entendu de tous que je ne me livrais pas à ce type d'exercice, une fois de plus, comme avec le film que Bruno avait amené, que je trouvais ça *gerbant*, et qu'à les regarder, tous autant qu'ils étaient, avec leurs corps dénudés, je me disais que leur comportement était vraiment un comportement de pédés. En vérité, ces morceaux de chair me donnaient des vertiges. J'utilisais les mots *pédé*, *tantouze*, *pédale* pour les mettre à distance de moi-même. Les dire aux autres pour qu'ils cessent d'envahir tout l'espace de mon corps.

Je suis resté assis dans l'herbe et j'ai condamné leur comportement. Jouer aux homosexuels était une façon pour eux de montrer qu'ils ne l'étaient pas. Il fallait n'être pas pédé pour pouvoir jouer à l'être le temps d'une soirée sans prendre le risque de l'injure.

Mon avis comptait assez peu. Les décisions, comme partout ailleurs, appartenaient au masculin, dont j'étais exclu. Les délibérations étaient aux mains de Bruno et des autres. J'ignore s'ils me réduisaient consciemment au silence ou si ce mécanisme opérait sans qu'ils s'en aperçoivent. Ils ne m'avaient pas écouté et avaient introduit le film dans le magnétoscope. Quand sont apparues les premières images ils ont plaisanté, puis l'agitation a progressivement changé de nature. Les respirations étaient de plus en plus saccadées. Les corps moites, les yeux fixés sur l'écran, l'appréhension perceptible sur les lèvres légèrement tremblantes, particulièrement tremblantes aux extrémités. Ils ont sorti leur sexe et se sont caressés. J'entends encore les gémissements, de véritables gémissements de plaisir. Je vois encore les sexes humidifiés.

J'ai dit que je devais partir et que je ne voulais pas assister à ce jeu, trop troublé. Je n'ai pas dit que j'étais troublé, j'ai tenté de le cacher, de prendre un air serein. En rentrant chez moi je pleurais, déchiré entre le désir qu'avaient fait naître en moi les garçons et le dégoût de moi-même, de mon corps désirant.

Je suis revenu passer du temps avec eux dès le lendemain. Nous n'avons pas évoqué le film tout de suite.

Nous nous sommes réunis dans le hangar comme les autres jours pour fabriquer des armes de bois en sculptant les bûches. Ce jour-là, mon cousin a rompu le bruit des marteaux et des scies *Putain c'était bien le film l'autre fois quand même* (mon cœur qui bat si fort quand il prononce ces mots que j'ai l'impression que chaque battement sera fatal, que le cœur ne supportera plus longtemps de telles secousses), il a repris *C'est dommage qu'on peut pas faire la même chose que les acteurs du film*. Il a attendu une poignée de secondes puis s'est remis à l'ouvrage (sa bûche), puis *De toute façon y a pas assez de filles pour faire ça, et les filles elles sont trop coincées ici* (coup de marteau, battement de cœur, coup de marteau, battement de cœur ; les deux s'accordaient pour former une symphonie infernale).

Quand ensuite il a posé la question, elle est venue soudainement. Ma mère aurait dit *Elle est venue comme ça, comme une envie de pisser*. Mon cousin a demandé *On pourrait faire comme dans le film, les mêmes trucs.* Les réactions ont été moins timides qu'on aurait pu s'y attendre chez ces enfants qui détestaient selon leurs dires, et déjà à dix ans, alors même qu'ils avaient dû en croiser peu, voire jamais, les tarlouzes. *Ah ouais ça serait fendard, on se poilerait bien la gueule.* Bruno a demandé où nous pourrions jouer à ce jeu, *le faire*, avant de proposer de rester dans le hangar. Les sourires qu'ils affichaient ne disparaissaient pas et constituaient pour eux l'assurance de pouvoir, à tout moment, transformer ce fragile projet en vaste plaisanterie. Ils parlaient à voix basse, comme si leurs mots étaient des explosifs qu'il fallait manipuler avec une extrême précaution et qui auraient pu, s'ils avaient élevé la voix, les détruire aussitôt. Mon cousin se rassurait et nous rassurait : ce n'était qu'un jeu auquel nous allions jouer, le temps d'un après-midi *On pourrait le faire juste comme ça, pour s'amuser.* Il m'avait suggéré d'aller voler des bijoux à ma sœur aînée *Eddy, toi tu pourrais, ça serait encore mieux parce que ça le ferait plus, toi tu pourrais voler des bagues à ta sœur, et comme ça, celui qui mettrait la bague ça serait celui qui ferait le rôle de la femme, celui qui se ferait baiser, juste pour déconner, sinon on se tromperait sans les bagues, ça fera plus vrai. Avec les bagues on pourra bien reconnaître.*

J'exécutai. Je n'étais plus capable de refuser. Je n'arrivais plus à faire semblant d'être rétif ou dégoûté. Mon corps ne me laissait pas d'autre choix que de faire tout ce qu'ils s'apprêtaient à me demander. J'ai couru jusqu'à ma chambre pour subtiliser les bagues que ma sœur cachait dans une petite boîte à bijoux violette. Quand je suis revenu ils étaient encore dans le hangar, j'ai dit *Je les ai ramenées. Montre* a ordonné Bruno. Il m'en a donné une, l'autre à Fabien *Vous deux vous ferez les femmes, et moi et Stéphane on fera les hommes.* Ils ne paraissaient pas anxieux. Plutôt prêts à jouer à un jeu inhabituel, risqué, mais rien d'autre qu'un jeu d'enfants, comme les jours où Bruno s'amusait à torturer les poules de sa mère. Je me rappelle de pendaisons de poules avec du fil de pêche, les poules qui poussaient des cris d'horreur, indicibles, inimitables, de poules brûlées vives ou même d'une poule qui, le temps d'une partie de football, avait fait office de ballon. Je me rendais compte, moi, que c'était toute ma personne, tout mon désir refoulé depuis toujours, qui m'entraînait dans cette situation. Je brûlais d'excitation.

Je me suis allongé face contre terre, ou plus précisément le visage contre la sciure de bois qui formait un épais tapis dans le hangar et qui entrait dans ma bouche à cause de ma respiration qui l'aspirait. Mon cousin a baissé mon pantalon et m'a tendu une des bagues que j'avais ramenées *Ah et tiens, mets la bague sinon ça sert à rien.*

J'ai senti son sexe chaud contre mes fesses, puis en moi. Il me donnait des indications *Écarte, Lève un peu ton cul.* J'obéissais à toutes ses exigences avec cette impression de réaliser et de devenir enfin ce que j'étais. Chaque coup de reins qu'il me donnait faisait durcir un peu plus mon membre, et, comme lorsqu'ils avaient regardé le film pour la première fois, les rires des premiers coups de reins ont rapidement cédé la place à l'imitation des soupirs des acteurs pornographiques, aux répliques qui m'apparaissaient alors comme les plus belles phrases qu'il m'ait été donné d'entendre *Prends ma bite, Tu la sens bien.* Pendant que mon cousin prenait possession de mon corps, Bruno faisait de même avec Fabien, à quelques centimètres de nous. Je sentais l'odeur des corps nus et j'aurais voulu rendre palpable cette odeur, pouvoir la manger pour la rendre plus réelle. J'aurais voulu qu'elle soit un poison qui m'aurait enivré et fait disparaître, avec comme ultime souvenir celui de l'odeur de ces corps, déjà marqués par leur classe sociale, laissant déjà apparaître sous une peau fine et laiteuse d'enfants leur musculature d'adultes en devenir, aussi développée à force d'aider les pères à couper et à stocker le bois, à force d'activité physique, des parties de football interminables et recommencées chaque jour. Le sexe de Bruno, plus vieux que nous, qui avait à ce moment une quinzaine d'années quand nous n'en avions que neuf ou dix, était bien plus massif que les nôtres et parsemé de poils bruns. Son corps était déjà celui d'un homme. En l'observant pénétrer Fabien, la jalousie m'a envahi. Je rêvais de tuer Fabien et mon cousin Stéphane afin d'avoir le corps de Bruno pour moi seul, ses bras puissants, ses jambes aux muscles saillants. Même Bruno je le rêvais mort pour qu'il ne puisse plus m'échapper, jamais, que son corps m'appartienne pour toujours.

C'était le début d'une longue série d'après-midi où nous nous réunissions pour reproduire les scènes du film et bientôt les scènes de nouveaux films vus entre-temps. Il fallait prendre garde à ne pas être surpris par nos mères, qui sortaient dans la cour plusieurs fois par jour pour arracher les mauvaises herbes du jardin, déterrer quelques légumes ou chercher des bûches dans le hangar. Quand l'une d'elles arrivait nous trouvions toujours le temps de nous rhabiller et de faire semblant de jouer à autre chose.

La frénésie s'emparait de nous. Il ne se passait plus un jour sans que je ne retrouve Bruno, mon cousin Stéphane ou Fabien, plus seulement dans le hangar mais partout où il était possible, comme nous le disions, *de jouer à l'homme et à la femme,* derrière les arbres au fond de la cour, dans le grenier de Bruno, dans les rues. Je ne me lavais plus les mains quand elles étaient imprégnées de l'odeur de leurs sexes, je passais des heures à les renifler comme un animal. Elles avaient l'odeur de ce que j'étais.

À cette période, l'idée d'être en réalité une fille dans un corps de garçon, comme on me l'avait toujours dit, me semblait de plus en plus réelle. J'étais progressivement devenu un inverti. La confusion régnait en moi. Retrouver les garçons chaque jour dans le hangar pour les déshabiller, les pénétrer ou me laisser pénétrer me poussait à me dire qu'il y avait une erreur – je savais que ces erreurs existaient. J'entendais partout et depuis toujours que les filles aimaient les garçons. Si je les aimais, je ne pouvais qu'être une fille. Je rêvais de voir mon corps changer, de constater un jour, par surprise, la disparition de mon sexe. Je l'imaginais se faner dans la nuit pour laisser place à un sexe de fille au matin. Plus une étoile filante sans que je ne fasse le vœu de ne plus être un garçon. Plus une page de mon journal dans lequel je ne faisais référence à ma volonté secrète de devenir une fille – et la peur, toujours présente elle aussi, que ma mère découvre ce journal.

Un jour, tout s'est arrêté.
C'était ma mère. Elle ne savait pas qu'elle allait indirectement contribuer à la multiplication des insultes au collège, aux coups. J'étais dans le hangar

avec les trois autres. Stéphane était allongé sur mon corps marqué du sceau de la féminité par la bague que je portais à l'index. Bruno pénétrait Fabien. Ma mère est arrivée. Nous ne l'avions pas vue, elle venait un récipient de verre à la main, rempli de graines pour nourrir les poules. Quand je l'ai trouvée, là, devant nous – trop tard pour apercevoir la rupture, cette seconde où elle avait dû passer de l'état de la femme qui nourrit ses poules, geste mécanique et quotidien, à celui de la mère qui voit son fils d'à peine dix ans se faire sodomiser par son propre cousin, elle qui partageait les opinions de mon père sur l'homosexualité, même si elle en parlait moins souvent –, quand je l'ai vue elle était déjà figée, il lui était impossible de produire le moindre son ou de faire le moindre geste. Elle me fixait comme on peut l'imaginer dans ce type de situation, finalement banale, la situation de la personne qui découvre, sans s'y attendre, une scène si impensable qu'elle s'en trouve incapable de réagir, la bouche à demi ouverte et les yeux qui sortent de leur orbite.

Ni elle ni moi n'avons pu faire quoi que ce soit pendant quelques secondes. Puis elle a lâché le plat de verre, qui s'est brisé au contact des bûches entassées. Elle ne l'a pas regardé, n'a pas baissé les yeux vers le récipient brisé comme on le fait lorsqu'on casse quelque chose. Elle ne détachait pas son regard du mien, ce regard dont je ne sais plus ce qu'il exprimait. Peut-être l'écœurement ou la détresse, je ne sais plus. J'étais trop aveuglé par ma honte et par l'idée qui m'est venue spontanément, qu'elle pourrait tout dire aux autres, à mon père, à ses copains, aux femmes du village que j'entendais déjà *On l'avait toujours dit qu'il était un peu bizarre le petit Bellegueule, qu'il était pas comme les autres, les gestes qu'y faisait quand il parlait et tout ça, on savait bien qu'il en avait du pédé.*

Ma mère est partie sans dire un mot. J'ai vite remis mes vêtements. Je voulais rentrer chez moi rapidement, un geste désespéré pour la convaincre de ne rien dire aux autres. La supplier s'il le fallait.

Il était trop tard.

Quand j'ai ouvert la porte ma mère était là. Elle avait la même expression figée sur le visage que cinq minutes auparavant, comme s'il était paralysé pour le reste de son existence, que le choc l'avait défigurée à jamais. Mon père était à côté d'elle, une expression semblable modelant ses traits. Il savait tout. Il s'est doucement approché de moi, et puis la gifle, puissante, son autre main qui saisit mon tee-shirt si fort qu'il se déchire, la deuxième gifle, la troisième, une autre et une autre, toujours sans une parole. Soudain *Tu fais plus jamais ça. Tu ne recommences plus jamais ou ça ira mal.*

# Après le hangar

Pendant plusieurs semaines je n'ai plus entendu parler de l'histoire du hangar. J'espérais sa disparition. Pourtant son omniprésence m'écrasait : chaque regard que m'adressaient mes parents constituait une mise en garde, chacune de leurs intonations, chacun de leurs gestes me signifiait qu'il fallait garder le silence. L'injonction à se taire. Ne plus évoquer cette histoire, jamais ; en reparler aurait été une manière de la reproduire.

Quand elle a fait de nouveau irruption elle ne m'avait donc pas quitté. Mais je ne m'attendais pas à ce qu'elle resurgisse. Je pensais que la honte que nous partagions, moi, mes parents et mes *copains*, était trop puissante, qu'elle empêcherait qui que ce soit d'en parler et qu'elle me protégeait. Je me trompais.

Les deux garçons m'ont rejoint dans le couloir. Ils ne le faisaient pas tout à fait chaque matin. Certains jours ils ne venaient pas : ils étaient fréquemment absents, comme moi et tous les autres, tout prétexte était bon pour ne pas aller à l'école.

D'autres fois encore, il m'arrivait, terrifié et sur-tout las de ce jeu interminable, comme si tout ça n'avait toujours été qu'un jeu, de ne plus vouloir y adhérer. Ne pas aller dans le couloir, ne plus les y attendre, ne plus aller recevoir les coups, de la même manière que ces gens qui un jour abandonnent tout, famille, amis, travail, qui font le choix de ne plus croire au sens de la vie qu'ils mènent. Ne plus croire à une existence qui ne repose que sur la croyance en cette existence. Je me rendais alors à la bibliothèque, avec, malgré tout, la crainte de les voir surgir et l'inquiétude des représailles du lendemain.

Ils semblaient particulièrement nerveux. J'avais appris à lire sur les lignes de leurs visages. Je les connaissais mieux que quiconque après les avoir retrouvés chaque jour dans ce même couloir pen-dant deux ans. Je pouvais identifier les jours où ils étaient fatigués, ceux où ils l'étaient moins. Je jure que certaines fois, quand l'un d'eux paraissait peiné, je ressentais une certaine compassion pour lui, je m'inquiétais. Je me posais des questions toute la journée pour essayer de deviner les causes de cet état. Quand ils me crachaient au visage, j'aurais été en mesure de dire ce qu'ils avaient mangé. Je les connaissais bien désormais.

Ils souriaient et voulaient savoir si c'était vrai, cette nouvelle rumeur qui circulait. Cette chose dont tout le monde parlait, devenue le sujet de conversation le plus présent parmi les enfants du collège. Ils voulaient savoir – et ils semblaient à peine le croire, tant cette information était inespérée pour eux, tant ils avaient toujours souhaité quelque chose de la sorte – si, oui, mon cousin, mon propre cousin, m'avait fait ce qu'il prétendait. *C'est ton cousin qui t'a balancé, qui l'a dit à tout le monde.* Il avait raconté qu'un après-midi, dans le hangar, alors qu'il s'était isolé pour uriner, je l'avais rejoint et j'avais effleuré son sexe du bout des doigts. Dans son récit que les deux garçons me rapportaient, j'avais baissé mon pantalon, à mon tour, pour me frotter contre lui, avant de me mettre sur les genoux pour prendre son sexe dans ma bouche. Il avait raconté qu'il m'avait finalement *enculé*, que j'avais aimé et crié *comme une meuf* et que j'avais *ramené une bague pour faire la fille.*

Le grand roux me serrait le cou pour me contraindre à répondre rapidement. Ses doigts froids sur ma nuque, mon sourire, la peur, l'attente de l'aveu. *C'est des conneries qu'il raconte mon cousin, il est un peu fou, la preuve il est dans les classes pour handicapés au collège. Je suis pas une sale baltringue.* Je n'étais pas convaincant. Il aurait été de toute façon impossible de les calmer, même si cette histoire avait été fausse. Ce qu'avait dit mon cousin correspondait bien trop à l'image qu'ils avaient de moi. L'agacement *Arrête de mentir pédale on sait que c'est vrai.*

Il ne m'a pas craché au visage. Il a craché ce matin-là sur la manche de ma veste, un mollard verdâtre, rigide tant il était épais. Le petit au dos voûté a fait la même chose, sur la même manche (une fine veste de jogging bleue à rayures noires que je portais l'hiver ; j'avais égaré mon manteau et mes parents n'avaient pas pu m'en racheter un *Tu te démerdes, t'as qu'à pas perdre tes affaires*). Ils riaient. Je regardais les mollards figés sur ma veste, pensant qu'ils m'avaient épargné en crachant là plutôt que sur mon visage. Et puis le grand aux cheveux roux m'a dit *Bouffe les mollards pédale.* J'ai souri, encore, comme toujours. Non pas que je pensais qu'ils me faisaient une blague mais j'espérais, en souriant, renverser la situation et n'en faire qu'une plaisanterie. Il a répété *Bouffe les mollards pédale, dépêche-toi.* J'ai refusé – je ne le faisais pas d'habitude, je ne l'avais quasiment jamais fait, mais je ne voulais pas bouffer les mollards, j'aurais vomi. J'ai dit que je ne voulais pas. L'un m'a attrapé le bras, l'autre la tête. Ils ont plaqué mon visage sur les mollards, ils ont exigé *Lèche, pédale, lèche.* J'ai sorti lentement ma langue et j'ai léché les crachats dont l'odeur colonisait ma bouche. À chaque coup de langue ils m'encourageaient d'une voix douce, paternelle (les mains qui tenaient ma tête avec force) *C'est bien, continue, vas-y c'est bien.* J'ai continué à lécher la veste tandis qu'ils me l'ordonnaient, jusqu'à ce que les mollards aient disparu. Ils sont partis.

À compter de ce jour les premières minutes après le réveil sont devenues de plus en plus irréelles. Je me sentais ivre quand je me réveillais. La rumeur s'était répandue et les regards au collège se faisaient de plus en plus insistants. Les *pédé* se multipliaient dans les couloirs, les petits mots retrouvés dans le cartable *Crève tapette*. Dans le village, où j'avais été jusqu'alors relativement épargné par les adultes, les insultes sont apparues pour la première fois.

Un soir d'été où je jouais au football avec quelques garçons, sur la route : les maillots trempés de sueur et la tension qui régnait pendant ces matchs improvisés où nous délimitions un terrain imaginaire avec des sacs à dos et des pull-overs posés à même le sol. Je me trouvais avec Stéphane et quelques autres.

Mon incompétence agaçait Fabien, Kevin, Steven, Jordan, les *copains*, qui s'énervaient à la première occasion. *Tu fais chier à nous faire perdre, t'es vraiment un bon à rien. La prochaine fois on te prend plus dans l'équipe.* Je n'étais pas le seul à qui on disait ces choses-là. L'irritation et les grossièretés faisaient partie du football.

Ce soir-là cependant, quelques semaines après que Stéphane avait divulgué l'histoire tout en en réinventant une part importante, les choses se sont passées différemment. L'un d'entre eux m'a dit – des phrases que l'on aimerait pouvoir oublier, et, plus encore, oublier le geste de l'oubli pour les faire disparaître tout à fait – qu'il vaudrait mieux pour moi m'entraîner au football que de baiser avec mon cousin *Tu ferais mieux de t'entraîner au foot que de te faire enculer par Stéphane.* Même mon cousin riait, ce que je ne pouvais pas m'expliquer.

Pourquoi Stéphane avait-il raconté cette histoire ? Pourquoi n'avait-il pas craint la honte, les moqueries ? Pourquoi, ce soir-là alors que nous étions ensemble à jouer au football, mais aussi les autres soirs où les insultes revenaient, pourquoi n'était-il pas l'objet, lui aussi, de la haine et des insultes ?

Nous étions deux, quatre en vérité, avec Bruno et Fabien. Mais leur participation aux rendez-vous dans le hangar n'a jamais été évoquée. Je ne pouvais rien dire, par peur des conséquences, et je savais que cette délation aurait été vaine, qu'ils auraient, comme Stéphane, été épargnés. Il aurait été logique que lui aussi se fasse traiter de *pédé*. Le crime n'est pas de faire, mais d'être. Et surtout d'*avoir l'air*.

# Devenir

Je me souviens moins de l'odeur des champs de colza que de l'odeur de brûlé qui se répandait dans toutes les rues du village lorsque les agriculteurs laissaient le fumier se consumer lentement au soleil. Je toussais beaucoup à cause de mon asthme. Un dépôt se formait au fond de ma gorge et sur mon palais, comme si le fumier s'évaporait pour ensuite se reconstituer dans ma bouche, la recouvrant d'une fine pellicule grisâtre.

Je me souviens moins du lait encore tiède parce qu'il venait d'être extrait des pis de la vache et que ma mère allait le chercher à la ferme en face de chez nous que des soirs où la nourriture manquait et où ma mère disait cette phrase *Ce soir on mange du lait*, néologisme de la misère.

Je ne pense pas que les autres – mes frères et sœurs, mes *copains* – aient souffert autant de la vie au village. Pour moi qui ne parvenais pas à être des leurs, je devais tout rejeter de ce monde. La fumée était irrespirable à cause des coups, la faim était insupportable à cause de la haine de mon père.

Il fallait fuir.

Mais d'abord, on ne pense pas spontanément à la fuite parce qu'on ignore qu'il existe un ailleurs. On ne sait pas que la fuite est une possibilité. On essaye dans un premier temps d'être comme les autres, et j'ai essayé d'être comme tout le monde.

Quand j'ai eu douze ans, les deux garçons ont quitté le collège. Le grand roux a entamé un CAP peinture et le petit au dos voûté a arrêté l'école. Il avait attendu d'avoir seize ans pour ne plus y aller sans prendre le risque de faire perdre les allocations familiales à ses parents. Leur disparition était pour moi l'occasion d'un nouveau départ. Si les injures et les moqueries continuaient, la vie au collège n'était en rien comparable depuis qu'ils n'étaient plus là (une nouvelle obsession : ne pas aller dans le lycée auquel j'étais destiné, ne pas les y retrouver).

Je devais ne plus me comporter comme je le faisais et l'avais toujours fait jusque-là. Surveiller mes gestes quand je parlais, apprendre à rendre ma voix plus grave, me consacrer à des activités exclusivement masculines. Jouer au football plus souvent, ne plus regarder les mêmes programmes à la télévision, ne plus écouter les mêmes disques. Tous les matins en me préparant dans la salle de bains je me répétais cette phrase sans discontinuer tant de fois qu'elle finissait par perdre son sens, n'être plus qu'une succession de syllabes, de sons. Je m'arrêtais et je reprenais *Aujourd'hui je serai un dur*. Je m'en souviens parce que je me répétais exactement cette phrase, comme on peut faire une prière, avec ces mots et précisément ces mots *Aujourd'hui je serai un dur* (et je pleure alors que j'écris ces lignes ; je pleure parce que je trouve cette phrase ridicule et hideuse, cette phrase qui pendant plusieurs années m'a accompagné et fut en quelque sorte, je ne crois pas que j'exagère, au centre de mon existence).

Chaque jour était une déchirure ; on ne change pas si facilement. Je n'étais pas le dur que je voulais être. J'avais compris néanmoins que le mensonge était la seule possibilité de faire advenir une vérité nouvelle. Devenir quelqu'un d'autre signifiait me prendre pour quelqu'un d'autre, croire être ce que je n'étais pas pour progressivement, pas à pas, le devenir (les rappels à l'ordre qui viendront plus tard *Pour qui il se prend ?*).

# Laura

Devenir un garçon passait nécessairement par les filles. J'avais rencontré Laura cette même année où les deux garçons avaient quitté le collège. Elle venait d'emménager dans une famille d'accueil d'un village voisin. Sa mère avait décidé d'abandonner la garde. Je ne sais pas s'il y avait une raison particulière, peut-être était-elle, comme ma mère, fatiguée d'être mère. Peut-être qu'elle était allée jusqu'au bout de sa lassitude. Laura me disait simplement *Elle veut plus de moi ma mère, j'aimerais bien vivre avec mais elle elle veut plus.*

Laura avait une mauvaise réputation au collège. Elle était de ces filles de la ville – puisqu'elle y avait d'abord grandi avec sa mère – qui en surgissant dans le village provoquaient des réactions hostiles en raison de leur façon de parler, de leur mode de vie, leur façon de s'habiller, provocante pour les habitants de la campagne. Les femmes qui attendaient devant l'école : *Une gamine ça devrait pas s'habiller comme ça aussi jeune, c'est pas respectueux,* les enfants : *Laura c'est une pute.* Le rejet dont elle était l'objet me la rendait plus accessible. Je l'avais choisie pour parvenir à ma métamorphose.

Je me suis rapproché d'elle d'abord par l'intermédiaire de l'une de ses plus proches amies, qui vivait près de chez moi. Je lui avais dit que Laura me plaisait. Je savais comment procéder. Tout était très codifié, déjà chez les enfants que nous étions. L'usage voulait que nous écrivions des lettres, c'était par ce moyen qu'il fallait aborder une fille. J'ai pris une feuille de papier et j'ai griffonné quelques mots, ou plutôt une longue déclaration d'amour sur plusieurs feuillets. Je concluais par une question de type *Veux-tu sortir avec moi ?* suivie de deux petits carrés sous lesquels j'avais écrit, sous l'un, *Oui* et, sous l'autre, *Non*, ayant même pris le soin, dans un post-scriptum, d'ajouter *Coche la réponse que tu veux donner*. Je suis allé la voir, j'ai traversé la cour et je lui ai tendu la lettre *Tu me donneras la réponse*. Cette phrase aussi, avec la lettre, faisait partie des codes.

L'attente. Elle tardait à me répondre. Je constatais son hésitation, ses yeux qu'elle baissait lorsque je passais près d'elle. Je suis resté des jours sans un signe ni un mot. Je savais pourquoi elle ne répondait pas. Certaines fois j'aurais voulu non pas dire, seulement dire, mais crier à Laura au milieu de la cour, perché sur un banc, un arbre, qu'importe, lui crier qu'elle était lâche. Qu'elle ne voulait pas de moi parce que accepter ma proposition aurait signifié partager la honte avec moi.

J'ai insisté. J'ai fait d'autres lettres. Elle a finalement accepté.

Elle m'avait fait transmettre quelques mots par l'une de ses amies. Le rendez-vous était fixé dans le préau du collège en fin d'après-midi, après la classe et avant que chacun prenne les transports scolaires. C'est à cet endroit que se retrouvaient les couples pour s'embrasser chaque jour à la même heure. La pionne avait essayé de les chasser au début *Vous vous croyez où, on n'embrasse pas comme ça, comme un spectacle. Ici vous êtes au collège* puis elle s'était découragée.

Laura m'attendait. Elle n'était pas seule. Le bruit s'était répandu et d'autres étaient présents pour assister à cette scène. Ils voulaient me voir embrasser une fille, voir si tout cela était vrai. Je me suis approché, muet et tremblant. Je l'ai embrassée, j'ai posé mes lèvres contre les siennes avant de me rendre compte qu'elle essayait d'introduire sa langue dans ma bouche. Je me suis laissé faire. Le baiser a duré plusieurs minutes – je comptais les secondes, me demandant quand cela allait se terminer, si, en tant que garçon, je devais prendre l'initiative de mettre fin au baiser, prendre les commandes, ou attendre. Tout à la fois, je voulais que le baiser dure, je voulais que les autres le voient, le plus d'yeux possible, des foules, des hordes de collégiens. Je voulais des témoins, qu'ils se sentent idiots, honteux de m'avoir enseveli d'opprobre, qu'ils pensent avoir commis une absurde erreur depuis le début, que cette erreur les discrédite et les blesse. Le baiser s'est achevé et je suis parti avec l'envie de courir. J'avais trouvé cet exercice infect, sale.

Dans le car, je me suis installé seul et j'ai tenté d'évacuer la salive de Laura et son odeur dans ma bouche, crachant discrètement sous mon siège, passant mes doigts sur mes dents et sur ma langue pour en dégager l'odeur incrustée. J'ai songé tout arrêter. J'ai pensé dire à Laura dès le lendemain que ce n'était plus la peine. Le soir même quand j'ai retrouvé mon cousin Stéphane il m'a posé des questions *C'est vrai que maintenant t'as une meuf, que ta meuf c'est Laura, celle que tout le monde dit que c'est une vraie salope.* J'avais perçu dans sa question une forme d'admiration, de complicité virile que je n'avais jamais partagées avec lui. Il était encore plus valorisant pour moi de fréquenter une *salope.* Elle faisait de moi un machiste qui entrait dans le cercle des garçons-que-Laura-avait-fréquentés. Cette conversation avec mon cousin m'a fait changer d'avis.

J'ai continué, par conséquent, jour après jour, à retrouver Laura avant de prendre le car. De plus en plus d'enfants étaient au courant de la relation que nous avions. Je l'embrassais, de longues embrassades, non plus uniquement après la classe mais aussi pendant les récréations, le matin quand je la retrouvais. Je me délectais des questions que l'on me posait à propos d'elle et moi, de notre *couple,* notre *histoire.*

Laura m'écrivait des lettres que je prenais soin de laisser dans mes poches de pantalon afin que ma mère puisse les découvrir en faisant la lessive. Un soir à table, elle n'a pas pu se retenir de prendre la parole. Le rituel était pourtant de ne pas parler pendant le dîner, de regarder la télévision en silence ou mon père se fâchait *Vos gueules les mouettes la mer est basse.* Ma mère : *Alors Eddy t'as trouvé une petite copine, tu ferais bien de mieux ranger tes courriers d'amour.* J'ai fait semblant d'être gêné. En vérité, j'essayais tant bien que mal de contenir la joie et l'orgueil qui bouillonnaient en moi. J'avais fait, au moins le temps de cette soirée, disparaître les doutes qui hantaient ma mère. Son visage s'était éclairé.

Je restais au téléphone chaque soir pendant plusieurs heures avec Laura, prévenant là aussi mes parents du fait que j'allais être indisponible pour la soirée, ils ne devaient pas s'inquiéter. Mes parents n'avaient pas le téléphone fixe ni de connexion internet, comme c'était le cas de la majorité des habitants du village, comme c'est encore le cas pour ma mère au moment où j'écris ces lignes. Aussi, j'étais contraint à me rendre dans la cabine téléphonique à côté de l'arrêt de bus pour les communications avec Laura. C'était elle qui m'appelait du téléphone de sa famille d'accueil.

À l'arrêt de bus je retrouvais mes *copains*. Ils me proposaient de me joindre à eux. Quel plaisir j'éprouvais à leur dire que je ne pouvais pas parce que je devais parler à Laura, *ma meuf*, et à rester quatre, cinq heures dans la cabine téléphonique pour lui parler, pendant qu'eux étaient à côté.

Une fois, cependant que j'embrassais Laura dans le préau, une chaleur douce est apparue dans mon bas-ventre. J'ai senti mon sexe se durcir, et plus nous prolongions le baiser, Laura et moi, plus mon sexe se dressait. J'éprouvais du désir : un désir qui se manifestait physiquement, celui-là impossible à mimer, à jouer. Je bandais, comme avec les *copains* dans le hangar, comme les hommes dans les films pornographiques que regardait mon père dans sa chambre, mon père qui se retirait en précisant *Je vais dans ma chambre me mater un film de cul, venez pas m'emmerder*. Je n'avais jamais bandé pour une fille. J'y voyais l'aboutissement de mon projet : mon corps avait plié devant ma volonté. On ne cesse de jouer des rôles mais il y a bien une vérité des masques. La vérité du mien était cette volonté d'exister autrement.

J'étais enfin guéri. Sur le chemin du retour, le retour du collège pour me rendre chez moi, j'ai ressassé ce constat victorieux comme un refrain que j'aurais écouté en boucle, chaque fois plus puissant, non pas apaisant puisque au contraire je sentais mon corps toujours plus exalté, sinon déchaîné. En retrouvant mes parents j'ai espéré qu'ils pourraient percevoir ma transformation (*guéri, guéri*). Je me disais que peut-être le corps se transformait sou-dainement, peut-être mon corps était soudainement devenu celui d'un dur, comme celui de mes frères. J'étais persuadé qu'ils verraient la différence.

Ils n'ont rien vu.

Souvenirs de cette fin d'après-midi : mon cœur tambourinant contre ma poitrine dans le bus (*guéri, guéri*), le rythme de ma respiration, moins, d'ailleurs, ce qu'on pourrait appeler le *rythme de la respiration* qu'un enchaînement de suffocations, les minuscules graviers qui restaient bloqués sous la porte de la maison, produisant un bruit aigu quand je l'ouvrais. Dans mon élan j'ai salué mon père *Ça va papa ?*

*Ta gueule je regarde ma télé.*

# Révolte du corps

Aveuglé par cette impression de m'être arraché à un mal qui jusque-là m'avait semblé incurable, j'oubliai quelque temps la résistance du corps. Je n'avais pas envisagé qu'il ne suffisait pas de vouloir changer, de mentir sur soi, pour que le mensonge devienne vérité.

Je me trouvais dans la cour du collège avec Laura quand Dimitri s'est approché. Il faisait partie des durs, auréolé d'un prestige inégalé grâce à son comportement : l'insolence, les mauvaises notes et tout le reste. C'est à Laura qu'il s'est directement adressé, faisant mine de ne pas me voir *Pourquoi tu sors avec Eddy, que tu sors avec alors que c'est une pédale. Tout le monde le dit, t'es la meuf d'une pédale.* Un sourire a dévoré le visage de Laura, pas un sourire pour dissimuler la honte, je le voyais, mais bien un sourire de connivence pour signifier qu'elle n'était pas en désaccord avec lui, elle savait tout ça, d'autres le lui avaient dit. J'ai baissé la tête avec, un instant, l'envie de m'excuser auprès d'elle. Lui dire que j'étais désolé de lui faire partager mon fardeau.

Ce sont des moments comme celui-là qui m'ont révélé le piège dans lequel j'étais, l'impossibilité de changer à l'intérieur du monde de mes parents, du collège.

L'ultime trahison de mon corps eut lieu une nuit où je me rendais en discothèque avec quelques *copains*. Ils étaient plus vieux que moi et avaient le permis de conduire, ils disaient *On va aller en boîte trouver de la meuf, choper de la sarcelle à talon.*

Ils passaient tous le permis de conduire dès la majorité atteinte, pensant qu'il les libérerait de l'espace confiné du village, qu'ils pourraient ainsi faire des voyages (qu'ils n'ont jamais faits), des sorties (jamais plus loin que les discothèques aux alentours ou la mer à quelques kilomètres).

Souvent ils travaillaient un été entier à l'usine – quand ils n'y étaient pas déjà embauchés – pour pouvoir s'offrir le précieux petit papier rose. Ils ne voyaient pas que ce permis de conduire faisait partie, au contraire, avec d'autres choses, des facteurs qui les maintenaient ici. Qu'ils passeraient simplement désormais les soirées à boire non plus dans l'arrêt de bus mais dans leur voiture – au chaud, la musique du poste de radio. J'avais refusé de le passer, refusé d'aller travailler un mois à l'usine dans laquelle je m'étais finalement promis de ne jamais mettre les pieds. À dix-huit ans je serai de toute façon déjà loin d'eux.

Cette nuit-là, la discothèque – le lieu s'appelait Le Gibus – était envahie par des centaines de jeunes gens de toute la région, formant une énorme masse compacte et mouvante qui vous engloutissait aussitôt. Une petite célébrité régionale y donnait un concert de rap. Dans cette foule en mouvement – si bien qu'elle semblait n'être qu'un seul bloc, un seul corps immense, de géant, qui se déplaçait mollement –, les corps transpirants se rencontraient, se frottaient les uns aux autres. Des corps musclés pour la plupart et imprégnés, outre la transpiration, de l'odeur de l'after-shave bon marché que je portais aussi.

Je me suis approché de la scène pour apercevoir le chanteur qui était parvenu à rassembler ce monde. J'ai pu, en jouant des coudes, me créer un petit espace près de la scène érigée pour l'occasion. Le sol collait à cause des verres renversés par les garçons imbibés d'alcool qui se bousculaient. Il y avait derrière moi un homme, beaucoup plus âgé, qui m'avait aidé à me frayer un chemin jusque-là. J'étais probablement l'individu le plus jeune dans la discothèque, il s'en était rendu compte. Il avait souhaité m'aider.

Il avait une trentaine d'années.

Il portait – comme un grand nombre de garçons du village et des villages aux alentours en portaient pour toutes les occasions et comme j'en ai longtemps porté – un survêtement de marque Airness, alors la plus prisée, une casquette posée de travers sur son crâne rasé, ainsi qu'une imposante chaîne autour du cou, couleur or. Son tee-shirt arborait une tête de loup à la gueule immense. En repensant à ce tee-shirt il me semble hideux et vulgaire. Mais ce soir-là il m'impressionnait énormément.

Son souffle était celui d'un bœuf, puissant, odorant (l'odeur du pastis), et je le sentais dans ma nuque.

Le chanteur est arrivé : la foule s'est agitée, elle s'est compressée en direction de la scène. Le corps de l'homme s'est retrouvé poussé contre le mien, collé au mien, et à chaque mouvement de foule nos corps entraient en friction. Nous étions de plus en plus serrés l'un contre l'autre. Il souriait, gêné et amusé, le corps irradiant l'odeur de la sueur.

J'ai perçu son changement d'état, son sexe se dresser progressivement et cogner le bas de mon dos, presque en cadence, au rythme de la musique, chaque fois plus gros et plus raide. Je pouvais en deviner les contours avec précision à cause de sa tenue de jogging.

C'est la fièvre qui m'a saisi cette nuit-là.

Je n'ai pas bougé pour maintenir mon corps contre le sien alors que la musique m'était insupportable. Après cette nuit je l'ai écoutée encore et encore pour essayer de reconstituer, au moins dans mes rêves et mes pensées, le souvenir de cet homme. Les paroles restent pour toujours gravées en moi :

*Girl, avec évidence tu m'dis que t'aimes quand j'te donne*
*le maximum quand ensemble on danse à l'horizontale.*
*Oh Girl, avec élégance on s'donne du kiff comme personne*
*jusqu'au summum j'ai succombé à ta beauté fatale*
*C'est parti pour l'ambiance du samedi soir,*
*Je repère une jolie jeune fille dans le noir,*
*J'm'approche d'elle et lui demande ce qu'elle veut boire,*
*Elle répond : « Attends on s'connaît pas alors va*
*[t'faire voir. »*

En rentrant, je me suis précipité pour ôter mes
vêtements et j'ai massé mon sexe, la respiration
entrecoupée de gémissements irrépressibles. Je
devais rester silencieux : ma sœur dormait dans la
même chambre, dans le lit du dessous. L'ensemble
de mon corps, de mes oreilles à ma nuque moite
en passant par chacun des pores de ma peau, a été
secoué par l'orgasme.

Après cet événement mon corps n'a plus cessé
de se rebeller contre moi, me rappelant à mon désir
et anéantissant toutes mes ambitions d'être comme
les autres, d'aimer les filles moi aussi.

Souvent après cette nuit, je m'allongeais sur le
lit de mon grand frère ou sur le mien les soirs où
j'étais seul dans la maison. Mes parents partaient
chez les voisins pour des apéritifs qui duraient
jusqu'au bout de la nuit *On revient dans cinq*
*minutes, on va juste boire un petit jaune chez la*
*voisine.* Les bouteilles de pastis venaient à manquer
et mon père prenait sa voiture pour se rendre à

l'épicerie y chercher d'autres bouteilles (*De toute façon je conduis mieux bourré qu'à jeun*). Ma mère me téléphonait tout de même pour me dire que je ne devais pas m'inquiéter, ils ne faisaient que se détendre un peu avec les voisins, *C'est bien normal*, disait-elle, *avec les journées de ton père à l'usine et moi qui ai fait le ménage toute la journée, je mérite bien un peu de repos* (quand mon père a perdu son travail – l'accident à l'usine –, ma mère disait *Avec le ménage que j'ai dû faire toute la journée et ton père, assis devant la télé, sans bouger, que j'ai été obligée de supporter, j'ai bien le droit de me détendre un peu*). Je ne devais pas m'inquiéter et je pouvais, si je le souhaitais, me faire à manger seul avec les boîtes de conserve dans le placard ou les frites du déjeuner qu'il était possible de réchauffer. Elle ne soupçonnait pas que ces soirées où ils étaient absents constituaient pour moi de précieux espaces de liberté.

Mon frère cachait sous son matelas des revues pornographiques. Tout le monde le savait et il ne les cachait pas véritablement, en tirant une forme de fierté – comme mon père qui laissait dans le placard de la cuisine, à la vue de tous, ses films X prêtés par Titi et Dédé.

Allongé sur mon lit avec les revues, j'y trouvais des photographies de femmes nues, les jambes écartées, mettant en avant leur sexe humidifié, les lèvres charnues parfois pressées du bout des doigts pour les faire apparaître encore un peu plus et mettre en valeur le clitoris. Les seins que je concevais comme deux excroissances, deux anomalies, des amas de pus qui se forment sur le corps des personnes malades. Devant ces femmes dénudées je pressais mon sexe de plus en plus fort, jusqu'à imiter le mouvement de va-et-vient de la masturbation. J'y passais des heures entières, mobilisant toute la concentration possible, imaginant toutes sortes de scènes. Mon corps devenait de plus en plus moite, les vêtements se collant bientôt à mon corps trempé par mes efforts acharnés. Je voulais, je m'ordonnais de parvenir à l'orgasme tout en sachant, car je l'ai su très tôt, très jeune, et je pourrais même dire que je l'ai toujours su, que jamais le contraire ne m'a même traversé l'esprit, que c'était la vue du corps d'un homme qui me troublait.

Je ne jouissais pas, jamais, et la plupart du temps mon sexe, à cause de mon acharnement, se couvrait de brûlures et de cloques, restait douloureux pendant plusieurs jours.

# Ultime tentative amoureuse : Sabrina

Puis Laura a rompu par une lettre. Elle ne supportait plus de partager la honte et sans doute souffrait-elle de la distance que je mettais entre nous, en dépit de moi-même, même si elle ne pouvait pas totalement l'expliquer. Quelques semaines plus tard, elle fera la rencontre d'un autre garçon. Un garçon de la ville où vivait sa mère, qu'elle allait voir plusieurs fois par an pendant les vacances scolaires. Elle me racontera ses soirées avec ce nouvel amant, les films qu'ils regarderont ensemble avant d'en reproduire certaines séquences, les folles journées à faire l'amour cinq, six fois de suite étant donné qu'ils se voyaient peu, les exploits guerriers de ce Kevin qui avait cassé le nez d'un autre garçon *Le mec il me sifflait, il m'a dit T'es bonne alors Kevin il a été le voir, il lui a dit Tu parles pas à ma meuf comme ça, t'as pas à lui manquer de respect. Le mec il a répondu et du coup Kevin il lui a explosé la tête devant plein de gens qui regardaient par leur fenêtre.*

Elle me signifiait à son insu – ou peut-être avec plus de volonté que je ne le pensais – ce que je n'avais pas été capable de faire pour et avec elle. Jamais nous n'avions fait l'amour, je ne m'étais jamais battu pour elle. J'étais celui sur qui les coups s'abattaient, pas celui qui les donnait.

Ma grande sœur avait pris la décision de me présenter à l'une de ses amies. Elle me disait *T'es à l'âge où faut avoir une petite copine* et j'avais effectivement l'âge auquel la plupart des garçons du village fréquentaient les filles du village, et souvent même s'installaient dans une relation de couple qui allait durer à vie, bientôt renforcée par la naissance d'un ou de plusieurs enfants qui les contraindrait à arrêter leurs études. J'avais donc rencontré la dénommée Sabrina à l'occasion d'un dîner organisé par ma sœur. Du haut de ses dix-huit ans, Sabrina avait cinq ans de plus que moi et par conséquent un corps beaucoup plus développé que les filles que je connaissais au collège. *En plus*, renchérissait ma sœur, *avec ça tu vas pouvoir t'amuser*. Je répondais que j'aimais les filles plus âgées que moi, je précisais *bien formées* avec, au moment où je donnais cette réponse, la certitude de m'acheminer vers une situation impossible où il me faudrait, quand je serais face à Sabrina, correspondre à cette image que je communiquais à ma sœur et aux autres.

Le dîner en question avait été fixé spécialement dans le but d'organiser la rencontre. La mère de Sabrina – Jasmine – était présente. Jasmine était une femme qui détestait son mari et attendait sa mort avec une impatience déclarée *Je sais pas quand est-ce qu'y va mourir celui-là mais bordel de brun qu'est-ce que c'est long*. Elle se rendait chaque semaine chez une voyante qui lui promettait qu'il allait périr d'une maladie foudroyante dans les plus brefs délais. Je l'ai connue deux ans et tout au long de ces deux années elle annonçait chaque semaine sur un ton solennel *Ça y est, là, mon mari, c'est la fin, il lui reste plus beaucoup, le mois prochain il aura crevé*. Elle téléphonait à ma sœur pour lui dire *Prépare-toi à être de deuil la semaine prochaine, je sors de chez la voyante il lui reste soixante-douze heures à vivre*. La plupart des discussions, quand elle dînait avec nous, tournaient autour de la mort prochaine et irrémédiable de son mari, en particulier de la distribution du maigre héritage.

Ma grande sœur avait parlé de moi à Jasmine en lui tenant les mêmes propos que ceux que mon père tenait sur moi en mon absence. Elle lui avait dit que je ferais de grandes études et que je deviendrais riche. Jasmine, souhaitant faire un bon placement avec sa fille, avait très vite donné son approbation à l'affaire.

La cérémonie des présentations a eu lieu. Je me trouvais face à ma sœur, Jasmine, Sabrina et une de ses amies, leurs yeux rivés sur moi et mon angoisse en imaginant – des idées absurdes qui naissent dans des moments comme celui-là – que Sabrina pouvait me sauter au cou d'un instant à l'autre pour essayer de m'embrasser. L'excitation palpable qui se dégageait de ces quatre femmes était proportionnelle à ma gêne, une gêne que j'essayais de masquer par une assurance feinte. Je souriais à Sabrina et me mettais en avant de toutes les façons possibles, parlant de tous les sujets que je maîtrisais plus ou moins, dont la Première Guerre mondiale que je venais d'étudier au collège, ce qui n'était pas pour déplaire à Jasmine, qui commentait mes propos en s'adressant à ma sœur *Il est bien ton petit frère, moi je l'aime bien, il est différent.*

Ma sœur, prête à tout pour que je me rapproche de son amie, m'avait proposé, tandis que nous prenions l'apéritif, d'aller faire une petite promenade avec Sabrina. Elle m'a adressé un regard complice, comme si c'était un plan que nous avions tous deux mis sur pied, qui se serait déroulé exactement comme il aurait dû se dérouler. J'ai répondu par un regard de la même nature, un sourire du coin des lèvres.

Nous sommes descendus dans le parc municipal et nous avons marché. Ma gorge me faisait mal tant elle était asséchée, serrée. Mon cœur s'emballait, pensant à la déception de ma sœur quand Sabrina lui apprendrait que je n'avais pas été capable d'aller de l'avant, de me conduire en vrai garçon, de la séduire, que j'étais resté là, immobile, inerte, passif comme – une expression de ma sœur que je reprenais sans cesse – *une couille dans un marais de goudron.*

Avant que je puisse dire quoi que ce soit, Sabrina a pris la parole pour m'inciter à lui exposer les raisons qui m'avaient poussé à vouloir faire sa connaissance. Je n'avais pas voulu, c'était un mensonge de ma sœur. J'ai dissimulé ma stupéfaction quand elle a posé la question, j'ai réussi à dire des platitudes, que je la trouvais belle, qu'elle était *mon genre* ; un courage motivé par la certitude de savoir que cet échange serait rapporté dans les moindres détails par Sabrina aux autres filles, qui ainsi pourraient me considérer comme un dur. Elle m'a embrassé. Elle devait légèrement se courber pour que nos lèvres puissent se rencontrer. L'étreinte a duré beaucoup trop longtemps, je me sentais étouffer, chanceler. Tandis que nous nous embrassions, l'effort à fournir pour ne pas fuir, ne pas laisser échapper un cri de dégoût, se faisait de plus en plus lourd. Ne pas laisser transparaître mon envie d'en finir au plus vite, car Sabrina aurait pu en faire part à ma sœur.

Nous sommes remontés main dans la main pour officialiser devant les autres invitées notre relation naissante. Ma sœur nous a salués, comblée *Ça va les amoureux ?* et les autres ont applaudi. J'ai trouvé ce comportement grossier. Des habitudes, des façons de se comporter qui m'avaient façonné et qui pourtant, déjà, me semblaient déplacées – comme les habitudes de ma famille : se promener nu dans la maison, les rots à table, les mains qui n'étaient pas lavées avant le repas. Le fait d'aimer les garçons transformait l'ensemble de mon rapport au monde, me poussait à m'identifier à des valeurs qui n'étaient pas celles de ma famille.

C'était comme si chacun de leurs applaudissements resserrait les chaînes entre Sabrina et moi, à peine cette relation commencée.

Il avait été décidé (par qui, je ne le sais plus très bien) que nous devions nous voir tous les week-ends chez ma sœur, qui nous emmenait en discothèque le samedi soir. Là-bas, je tenais toujours à me déplacer le bras autour de la taille de Sabrina, ma nouvelle conquête. Je désirais montrer aux autres, et à moi-même, car je me contemplais et j'étais de loin le spectateur le plus assidu de ma performance, non seulement mon amour des femmes mais aussi ma capacité à séduire des filles bien plus âgées que moi.

Jasmine emmenait Sabrina chez ma sœur avant le départ pour la discothèque. Elles vivaient dans un village voisin. Jasmine, en arrivant, commençait toujours par me couvrir de compliments. Elle affirmait que j'étais spécial, intelligent, que j'allais pousser sa fille à faire des études et à gagner beaucoup d'argent. Sabrina voulait devenir sage-femme. Elle se distinguait des autres filles du village, qui voulaient la plupart du temps devenir coiffeuses, secrétaires médicales, vendeuses, institutrices pour les plus ambitieuses ou mères au foyer.

L'envie qu'avait Sabrina de faire des études de médecine provoquait à la fois l'hilarité et le mépris. *La Sabrina qui se la raconte, qui joue la madame à vouloir être mieux que les autres.* Avec le temps elle a progressivement revu à la baisse ses ambitions, comme ma sœur, souhaitant devenir chirurgienne, médecin généraliste, infirmière, aide-soignante et enfin aide à domicile (donner les médicaments et *laver le cul des vieux*, le métier de ma mère).

# Le dégoût

Au retour des sorties en discothèque je dormais chez mes parents tandis que Sabrina passait la nuit chez ma sœur. Nous nous donnions rendez-vous le lendemain matin pour aller nous promener dans les rues du village et retrouver mes *copains* à l'arrêt de bus, qui buvaient avant d'aller voir le match de football dominical.

Ma sœur m'avait fait la proposition, après une de ces sorties en discothèque, de dormir chez elle. Jasmine viendrait chercher Sabrina le soir même à cause d'un départ en vacances, Sabrina ne pourrait pas dormir avec elle, et ma sœur ne voulait pas rester seule, elle détestait ça et disait qu'elle avait peur. J'ai accepté sa proposition évidemment. J'aimais dormir ailleurs que chez mes parents : la maison me faisait honte à cause de sa façade délabrée, de ma chambre humide et froide que je détestais, dans laquelle l'eau s'infiltrait les jours de pluie.

Une tempête très violente avait un jour arraché le volet qui, en se décrochant, avait fait exploser la vitre. Mon père, après que je lui avais dit (longtemps après ; je lui avais répété pendant des semaines, quotidiennement, que le carreau était brisé), avait mis un morceau de carton pour couvrir le trou laissé par la vitre cassée. Il avait tenu à me rassurer *T'en fais pas, c'est juste le temps que j'en rachète une autre de fenêtre, c'est en attendant, ça va pas rester comme ça tout le temps.* Il ne la changea jamais.

Le morceau de carton se trouvait imbibé d'eau assez vite. Il fallait le remplacer fréquemment. Mais en dépit de mes efforts, même en y prenant garde, en remplaçant le carton, l'eau s'infiltrait dans ma chambre. L'humidité gagnait les murs, le sol de béton, les lits en bois.

Je dormais dans un lit superposé à celui de ma sœur, tenant à dormir dans le lit du haut de façon à pouvoir tous les jours emprunter la petite échelle. Le lit grinçait quand je montais mais les grincements étaient normaux, je ne m'inquiétais pas, nous savions que c'était l'humidité.

Un soir que je montais, comme chaque soir – sans que rien annonce ce qui allait se passer, le lit ne grinçait pas plus que les autres jours –, j'ai senti, tandis que je m'allongeais, le lit se dérober sous mon poids. L'eau avait lentement rongé les lattes du lit qui, fragilisées, s'étaient rompues. J'ai atterri un mètre plus bas, sur ma sœur. Les lattes brisées l'avaient blessée. À compter de ce jour mon lit, en dépit des rafistolages de mon père, tombait fréquemment sur celui de ma sœur.

J'étais donc heureux qu'elle m'invite à dormir chez elle, dans son petit appartement tout juste rénové.

Nous sommes allés en discothèque, comme les week-ends précédents.

De retour, ma sœur a déclaré qu'elle devait aller rejoindre une amie. C'est à ce moment que j'ai compris, d'abord parce que cette histoire ne tenait pas debout (rejoindre, épuisée, une amie à cinq heures du matin, en rentrant de discothèque, alors même que les réverbères du village étaient éteints), mais aussi parce qu'elle me faisait des clins d'œil pour me signifier qu'elle mentait. Elle a ajouté *Comme ça toi et Sabrina vous pouvez rester là, tant pis sa mère la récupérera demain,* cela éviterait à Jasmine de prendre la voiture en pleine nuit pour ramener sa fille chez elle, et par ailleurs, c'était le plus important, nous pourrions dormir tous deux dans le lit de ma sœur pendant qu'elle serait chez son amie. Sabrina cachait à peine sa complicité avec ma sœur et avait d'ailleurs sorti des affaires de toilette de son sac. Tout le monde était au courant. J'avais été le seul maintenu dans l'ignorance.

Une fois de plus j'étais prisonnier, épouvanté à l'idée de passer la nuit avec Sabrina mais pris dans l'impossibilité de dire quoi que ce soit, un mot qui aurait pu provoquer l'effondrement de mon image. Je savais ce qu'elle attendait d'une nuit avec moi – la différence d'âge et ses références de plus en plus explicites à la sexualité que nous n'avions pas.

J'ai renvoyé un clin d'œil à ma sœur.

Elle est partie.

Sabrina et moi sommes allés nous coucher – et

je ne sais plus quels procédés j'ai mis en place pour lui parler le moins possible, la voir le moins possible entre le départ de ma sœur et l'instant où nous sommes entrés dans le lit. Je l'ai embrassée avec ce léger dégoût qui accompagnait toujours mes baisers. Je lui ai tourné le dos et me suis éloigné d'elle, me mettant à l'autre extrémité du lit, prêt à tomber.

Elle est venue vers moi pour m'embrasser encore. Elle a saisi mes mains, les a posées sur sa poitrine, puis elle a glissé les siennes dans mon pantalon. Elle caressait mon sexe qui restait inerte. Je ne parvenais pas à simuler le désir. J'ai essayé de penser à autre chose pour que mon sexe se dresse et que Sabrina soit rassurée, mais plus je me concentrais et plus les chances de réveiller mon excitation se faisaient improbables et lointaines. Elle continuait, persévérait sur mon morceau de chair alors à peine couvert d'un duvet de poils blonds, le malaxait, le tordait dans tous les sens. J'ai d'abord imaginé que je lui faisais l'amour, à elle, Sabrina, sachant qu'une pareille image ne pouvait pas me faire bander. Puis j'ai imaginé des corps d'hommes contre le mien, des corps musclés et velus qui seraient entrés en collision avec le mien, trois, quatre hommes massifs et brutaux. J'ai imaginé des hommes qui m'auraient saisi les bras pour m'empêcher de faire le moindre mouvement et auraient introduit leur sexe en moi, un à un, posant leurs mains sur ma bouche pour me faire taire. Des hommes qui auraient transpercé, déchiré mon corps comme une fragile feuille de papier. J'ai imaginé les deux garçons, le grand aux cheveux roux et le petit au dos voûté, me contraignant à toucher leur sexe, d'abord avec mes mains puis avec mes lèvres et enfin ma langue. J'ai rêvé qu'ils continuaient à me cracher au visage, les coups et les injures *pédé*, *tarlouze* alors qu'ils introduisaient leur membre dans ma bouche, non pas un à un mais tous les deux en même temps, m'empêchant de respirer, me faisant presque vomir.

Rien n'y faisait. Chaque contact de Sabrina avec ma peau me ramenait à la vérité de ce qui se passait, de son corps de femme que je détestais. J'ai prétexté une crise d'asthme soudaine et violente. J'ai dit que je devais rentrer chez moi, chez mes parents, que j'allais faire une crise d'asthme, et qu'il était possible, la mort récente de ma grand-mère l'avait prouvé, qu'il était possible d'en mourir.

Le lendemain, je quittai Sabrina. Elle a pleuré devant moi et je suis resté de glace.

# Première tentative de fuite

J'avais échoué, avec Sabrina, dans la lutte entre ma volonté de devenir un dur et cette volonté du corps qui me poussait vers les hommes, c'est-à-dire contre ma famille, contre le village tout entier. Pourtant je ne voulais pas abandonner et continuais à me répéter cette phrase, obsédante, *Aujourd'hui je serai un dur.* Mon échec avec Sabrina me poussait à accentuer mes efforts. Je prenais garde à rendre ma voix plus grave, toujours plus grave. Je m'empêchais d'agiter les mains lorsque je parlais, les glissant dans mes poches pour les immobiliser. Après cette nuit qui m'avait révélé plus que jamais l'impossibilité pour moi de m'émouvoir pour un corps féminin, je me suis intéressé plus sérieusement au football que je ne l'avais fait auparavant. Je le regardais à la télévision et apprenais par cœur le nom des joueurs de l'équipe de France. Je regardais le catch aussi, comme mes frères et mon père. J'affirmais toujours plus ma haine des homosexuels pour mettre à distance les soupçons.

Je devais être en classe de troisième, peu avant la fin du collège. Il y avait un autre garçon, plus efféminé encore que moi, qui était surnommé *la Tanche*. Je le haïssais de ne pas partager ma souffrance, de ne pas chercher à la partager, ne pas essayer d'entrer en contact avec moi. Se mêlait pourtant à cette haine un sentiment de proximité, d'avoir enfin près de moi quelqu'un qui me ressemblait. Je le regardais d'un œil fasciné et plusieurs fois j'avais essayé de l'approcher (uniquement lorsqu'il était seul à la bibliothèque, car il ne fallait pas que je sois vu en train de lui parler). Il restait distant.

Un jour qu'il faisait du bruit dans le couloir où une foule assez importante d'élèves était amassée, j'ai crié *Ferme ta gueule pédale*. Tous les élèves ont ri. Tout le monde l'a regardé et m'a regardé. J'avais réussi, l'instant de cette injure dans le couloir, à déplacer la honte sur lui.

Au fil des mois, avec le départ des deux garçons pour le lycée et leur disparition du collège, et grâce à l'énergie que je fournissais pour être un dur, les injures se raréfiaient, tant au collège que chez moi. Mais plus elles étaient rares, plus chacune d'entre elles était violente et difficile à vivre, plus la mélancolie qui suivait s'étalait sur des jours, des semaines. Les insultes, bien que moins fréquentes, ont continué longtemps en dépit de mon acharnement pour me masculiniser puisqu'elles s'appuyaient non pas sur mon attitude au moment où j'étais insulté, mais sur une perception de moi depuis longtemps installée dans les mentalités.

La fuite était la seule possibilité qui s'offrait à moi, la seule à laquelle j'étais réduit.

J'ai voulu montrer ici comment ma fuite n'avait pas été le résultat d'un projet depuis toujours présent en moi, comme si j'avais été un animal épris de liberté, comme si j'avais toujours voulu m'évader, mais au contraire comment la fuite a été la dernière solution envisageable après une série de défaites sur moi-même. Comment la fuite a d'abord été vécue comme un échec, une résignation. À cet âge, réussir aurait voulu dire être comme les autres. J'avais tout essayé.

Je ne savais pas comment procéder. J'ai dû apprendre. On parle de la fuite comme rendue difficile à cause de la nostalgie ou des personnes, des facteurs qui nous retiennent, mais pas à cause de la méconnaissance des techniques de fuite. J'ai d'abord été maladroit et ridicule.

Mes parents préparaient des grillades dans le jardin, peu après ma rupture avec Laura. Je me suis dirigé vers ma chambre en formulant mon projet de départ. Mon père venait de me faire une remarque parce que je refusais d'entretenir le feu du barbecue, par peur de me brûler *T'es vraiment une gonzesse*. Dans la chambre j'ai réuni quelques affaires que j'ai glissées dans un sac à dos. J'avais pris la décision de partir à tout jamais. Ne plus revenir.

Mon petit frère est arrivé. Il était petit : cinq ans, probablement moins. Il m'a interrogé sur ce que je faisais et je lui ai répondu que je partais pour toujours en espérant qu'il irait, comme cela était son habitude, le rapporter à mes parents. Il n'a pas bougé, il est resté sur place, immobile. J'ai essayé à nouveau, je l'ai répété, en changeant l'intonation dans ma voix, pour tenter de lui faire comprendre que ce que je faisais était interdit. *Je pars, je m'en vais pour toujours.* Il ne comprenait pas. Une autre tentative. L'absence de réaction à nouveau. J'ai fini par lui faire une proposition que je savais décisive. Je lui proposai une récompense, des friandises (je disais *des chucs*), en échange de la délation. Il a quitté la chambre. J'entendais ses pas qui s'éloignaient et déjà l'appel *Papa, papa*. Je suis parti en courant, claquant violemment la porte afin que mon père entende et comprenne que mon petit frère disait vrai.

Je courais à travers les rues du village, mon sac à dos avec moi – toujours à une allure raisonnable pour que mon père puisse me suivre, sentant sa présence derrière moi à quelques dizaines de mètres. Il avait crié mon nom avant de se taire, ne pas faire de scandale qui aurait pu, le lendemain, nourrir les discussions des femmes devant l'école, *faire jaser*. Je me suis réfugié derrière un buisson ; mon père est passé devant moi, sans me voir. Il ne m'a pas vu. J'étais terrifié tout à coup qu'il puisse perdre ma trace, me laisser là. Devrais-je passer la nuit dehors ? Dans le froid ? Et qu'allais-je manger ? Que deviendrais-je ? J'ai toussé très fort pour qu'il m'entende.

Il s'est retourné et m'a vu. Il m'a attrapé par les

cheveux *T'es vraiment un petit merdeux, espèce d'abruti, pourquoi tu fais ça, connard.* Il me secouait si violemment par les manches de mon tee-shirt qu'il s'est déchiré.

Plus tard, ma mère racontera cette histoire en riant *Oh putain ce jour-là t'as pas bronché, ton père il t'a foutu une sacrée branlée.*

Il m'a reconduit à la maison en me tenant par le bras, le serrant avec force. Il m'a envoyé dans ma chambre, où j'ai pleuré et où je pleurais encore lorsqu'il y est entré quelques heures après. Il s'est assis sur le lit du bas. Il sentait l'alcool (ma mère le lendemain : *Et avec ta fugue, ça lui a monté à la tête plus vite que d'habitude, ça l'a tracassé ton père*). Il a pleuré à son tour *Faut pas faire ça, tu sais nous on t'aime, faut pas essayer de se sauver.*

# La porte étroite

Il fallait fuir.

J'étais désormais en classe de troisième et il était temps de faire le choix de mon orientation. Je refusais catégoriquement d'aller à Abbeville dans le lycée du secteur auquel j'étais promis. Je voulais partir loin de mes parents et ne pas retrouver les deux garçons. Arriver en territoire inconnu, me disant – je l'espérais en raison des progrès que j'avais faits – que je ne serais plus considéré comme une pédale. Tout reprendre depuis le début, recommencer, renaître. L'art dramatique que je pratiquais au club du collège m'avait ouvert une porte inespérée. J'avais investi beaucoup d'efforts dans le théâtre. D'abord parce que mon père en était agacé et que je commençais, à cet âge, à définir toutes mes pratiques par rapport (et surtout contre) lui. Ensuite parce que, ayant un certain talent pour jouer la comédie, il constituait pour moi un espace de reconnaissance. Tout était bon pour me faire aimer *Ah le fils Bellegueule on se fend la gueule quand il fait du théâtre au spectacle de fin d'année.* La fierté de ma grande sœur *T'es peut-être le futur Brad Pitt.*

Je me rappelle qu'un soir nous jouions dans la salle des fêtes près du collège, à la fin de l'année scolaire, une petite pièce que j'avais écrite pour l'occasion. Une sorte de cabaret où des personnages défilaient sur scène pour se présenter, raconter leur histoire, chanter des chansons. J'incarnais le rôle de Gérard, un alcoolique quitté par sa femme et à moitié SDF, qui chantait

> *Germaine, Germaine*
> *Une valse ou un tango*
> *c'est du pareil au même*
> *pour te dire que je t'aime*
> *et que j'aime la Kanterbrau oh oh oh*

Je me rappelle que ce soir-là les deux garçons étaient dans la salle. Ils étaient pourtant au lycée maintenant. Ils venaient probablement voir des enfants de leurs familles, ou étaient là juste par curiosité.

Je me rappelle de la peur que j'ai ressentie en les voyant, imaginant qu'ils allaient m'attendre à la sortie. La salle des fêtes était de petite taille et je pouvais parfaitement voir leurs visages se dessiner dans la pénombre. J'ai fait mon numéro, tétanisé en pensant qu'ils pourraient hurler *pédé* pendant un silence, entre deux de mes répliques, devant ma mère et tous les autres. Je suis allé jusqu'au bout. Quand j'ai terminé ils se sont levés tous les deux, déchaînés, s'époumonant *Bravo Eddy, bravo !*

Ils ont entonné mon prénom *Eddy*, *Eddy* jusqu'à être suivis par tous les villageois présents, environ trois cents personnes qui soudainement scandaient mon nom, tapaient des mains en cadence et me lançaient des regards ravis. Il fut difficile de rétablir le calme. Au moment des saluts, alors que je revenais avec tous les membres de la troupe de théâtre, ils ont encore crié mon prénom. Je ne les ai pas vus ensuite, à l'issue de la soirée. Je crois que c'est la dernière fois de ma vie que je les ai aperçus.

La proviseure du collège était venue me voir à la sortie d'un cours pour me parler du lycée Madeleine-Michelis, à Amiens, la plus grande ville du département, où je n'étais quasiment jamais allé, par crainte. Mon père m'avait toujours dit et répété qu'il y avait beaucoup de personnes de couleur, des personnes dangereuses *À Amiens y a que des Noirs et des bougnoules, des crouilles t'y vas tu crois que t'es en Afrique. Faut pas aller là-bas, c'est sûr que tu te fais dépouiller.* Il m'avait depuis toujours répété ces phrases, et si je lui rétorquais qu'il n'était qu'un raciste – tout faire pour le contredire, être différent de lui – son discours parvenait à semer le trouble en moi.

Le lycée Madeleine-Michelis proposait une filière d'art dramatique au baccalauréat. Il fallait passer un concours pour y accéder, puis présenter un dossier et une audition. Quand la proviseure, Mme Coquet, m'a fait la proposition de tenter d'intégrer cet établissement, je n'avais jamais envisagé de passer le baccalauréat, encore moins en filière générale. Personne ne le passait dans la famille, presque personne dans le village si ce n'est les enfants d'instituteurs, du maire ou de la gérante de l'épicerie. J'en ai parlé à ma mère : elle savait à peine de quoi il s'agissait (*Maintenant il va passer le bac l'intello de la famille*).

Je travaillais avec la fille de la proviseure, une jeune comédienne, pour préparer la scène que j'allais présenter lors de l'audition. Sa mère m'avait permis de ne pas aller en classe et de disposer librement d'une salle. Je travaillais jusqu'à l'épuisement. Ne pas laisser échapper cette chance de partir. Le lycée disposait d'un internat, façon de m'éloigner plus encore du village.

Ma mère m'avait averti *Tu iras à ton lycée de théâtre que si l'internat est pris en charge parce qu'on peut pas payer, sinon tu iras à Abbeville, un lycée c'est un lycée.* Et mon père *Je vois pas pourquoi que tu veux pas aller à Abbeville comme tout le monde, faut toujours que tu te la joues autrement que les autres.*

Il n'avait pas été facile de convaincre mon père de m'emmener jusqu'à la gare le jour de l'audition *User de l'essence pour tes conneries de théâtre, franchement ça vaut pas la peine.* La gare se trouvait à une quinzaine de kilomètres du village. Pendant plusieurs jours il m'a assuré qu'il ne m'y emmènerait pas et qu'il ne servait à rien d'espérer. La veille il a changé d'avis *Demain tu oublies pas de mettre ton réveil, je t'emmène à la gare.*

C'était quelque chose qu'il faisait souvent, dire *non* jusqu'à la dernière minute et céder enfin avec la satisfaction de m'avoir vu sangloter, le supplier des heures. Il y prenait du plaisir. Quand j'avais sept ou huit ans, il avait donné – sans raison apparente – ma peluche aux enfants des voisins, celle avec laquelle je dormais et qui m'accompagnait toujours, comme les enfants en ont. J'avais pleuré et m'étais agité comme un diable, courant dans toute la maison en protestant. Lui me regardait et il souriait. Le 31 décembre 1999, à l'occasion de la Saint-Sylvestre, il m'avait raconté qu'à minuit un astéroïde percuterait la Terre et que nous allions tous mourir, sans aucune chance de survie. *Profite bien de la vie parce que dans pas longtemps on est tous morts.* Mes larmes avaient coulé toute la soirée. Je gémissais, je ne voulais pas mourir. Ma mère avait protesté, disant qu'il ne pouvait pas me faire ça le jour du nouvel an, me laisser m'apitoyer sur les marches de la maison et m'empêcher de profiter du changement de millénaire. Elle essayait de me rassurer *Écoute pas ton père il dit n'importe quoi, allez viens regarder la télé avec nous on va voir la tour Eiffel.* Ça ne changeait rien, je n'accordais de crédit qu'à la parole de mon père, à l'homme de la maison. Cette nuit-là aussi son rire résonnait dans la pièce commune.

Le lendemain matin il passait devant ma chambre une demi-heure avant l'heure prévue *Allez saque-toi.*

*Si t'es en avance t'attendras à la gare.* J'ai couru dans la salle de bains pour me préparer. Je ne me lavais pas les dents. La salle de bains n'était pas occupée par mon père, qui ne se lavait pas le matin. Il enfilait un tee-shirt, un pantalon et passait de l'eau sur son visage, puis il allumait une cigarette et il s'asseyait devant la télévision pour regarder les informations ou le télé-achat.

Une fois dans la voiture, nous avions au total près d'une heure pour faire quinze kilomètres. On ne se disait rien. Je lui ai demandé d'allumer le poste de radio pour dissiper la gêne provoquée par le silence. Il connaissait toutes les chansons du répertoire de variétés françaises, qu'il entonnait. Quelquefois entre deux chansons il recommençait *Me faire saquer à cette heure-là pour des conneries de théâtre, franchement...* (Ma mère : *Ton père il râle toujours mais faut pas faire attention, c'est pas méchant. Il râle pour passer le temps, parce qu'il sait pas quoi faire d'autre.*)

À la gare il m'a ordonné de descendre, avant de se raviser et de me dire d'attendre. Mes yeux sur lui, la surprise, l'attente d'une remarque désagréable. Il a fouillé ses poches et il en a sorti un billet de vingt euros. Je savais que c'était beaucoup trop, beaucoup plus que ce qu'il pouvait et aurait dû me donner. Il m'a dit que j'en aurais besoin *Faudra bien que tu manges ce midi. Moi je veux pas que tu as la honte devant les autres et que tu sois autrement que les autres avec moins d'argent.*

*Tu dépenses tout ce midi, tu ramènes rien du tout, je veux pas que tu sois autrement que les autres. Mais surtout tu fais attention, parce qu'en ville il y a plein d'Arabes. Si il y en a un qui te regarde, tu baisses les yeux, tu fais pas le malin, tu joues pas au caïd, parce que ces gens-là ils ont toujours des cousins et des frères planqués quelque part et que si tu te bats, après ils vont te tomber dessus à plusieurs et là t'es mort. Si il y en a un qui te demande de l'argent, tu donnes tout. Ton portefeuille, ton téléphone, tout. C'est la santé qui compte d'abord. Maintenant vas-y, et essaye de pas être éliminé à ton audition.*

J'ai pris le train jusqu'à Amiens. J'étais nerveux et je m'attendais à voir surgir, à chaque arrêt, un groupe d'Arabes qui m'auraient sauté dessus pour me voler tous mes effets personnels.

Pour me rendre au lycée Michelis j'ai marché très vite, la tête baissée. Chaque fois qu'un Noir ou un Arabe marchait sur le même trottoir que moi – ils n'étaient pourtant pas si nombreux – je sentais la peur s'emparer de moi.

Il y avait d'autres personnes qui attendaient dans le couloir avec leurs parents. J'étais heureux d'être seul, je me sentais plus adulte – et tout à la fois j'étais amer, jaloux de ces jeunes gens qui partageaient une complicité puissante avec leur famille. Je trouvais que leurs parents avaient quelque chose d'adolescent eux aussi quand ils parlaient à leurs enfants, comme si la douceur de leurs conditions de vie se mesurait à la douceur de leur caractère.

Un grand homme aux cheveux blancs est sorti de la salle d'audition et a appelé mon nom *Bellegueule, c'est à vous.* Les autres ont ri. Même les adultes. Bellegueule. C'était la première partie de la sélection, avant la présentation de la scène que j'avais préparée. Il fallait répondre à des questions sur le théâtre et sur les raisons qui me poussaient à vouloir entrer dans ce lycée. J'avais réfléchi à toutes mes réponses longtemps à l'avance : la passion du théâtre, l'importance de l'art dans nos sociétés et dans l'Histoire, l'ouverture d'esprit. Des banalités.

L'enseignant qui m'interrogeait, l'homme aux cheveux blancs, Gérard, qui deviendra mon professeur de théâtre après mon admission, ne vécut pas du tout cet entretien de la même manière que moi. Il me confiera deux ans plus tard – avec cette douce ironie qui le caractérisait – que je l'avais supplié de m'accepter au lycée. Que j'étais presque à genoux devant lui. Il m'imitait : *S'il vous plaît monsieur sortez-moi de là. Pitié, pitié.* Il m'a dit que je n'avais pas cessé de sourire. Il n'avait pas trouvé cela naturel, mais avait été touché par la volonté puissante, il faudrait dire le désespoir, qui en émanait. Il m'a dit que j'avais recommencé lors de la deuxième partie de la sélection, en présentant la scène *Il y avait toujours quelque chose de suppliant dans ta voix, toujours.*

Au cours de cette audition j'ai fait la connaissance d'un jeune garçon nommé Fabrice. Nous avons discuté et nous nous sommes fait la promesse que nous serions amis à la rentrée si nous venions tous les deux à être admis. Tout l'été Fabrice a hanté mes pensées. Je songeais moins en vérité à Fabrice qu'à la perspective de me constituer un cercle d'amis à Amiens, de copains comme un vrai garçon et non plus de copines.

Tout l'été j'ai attendu la lettre qui devait m'annoncer la décision du lycée. Elle ne venait pas. Mes parents m'assuraient n'avoir rien reçu *Tu nous saoules.*

Rien. Je désespérais. J'avais fini par me résigner : ils n'avaient même pas pris la peine de me prévenir de ma non-admission. Je passais des nuits d'insomnie à imaginer que je devrais aller au lycée d'Abbeville, retrouver les deux garçons et revivre les mêmes scènes que lorsque j'étais au collège.

J'envisageais la fin des études.

Après un dîner avec mes parents, au début ou au milieu du mois d'août, et tandis que je regardais la télévision dans ma chambre mon père m'avait appelé dans la pièce commune.

Il a déclaré qu'il avait reçu une lettre un peu plus d'un mois auparavant. Qu'il n'avait pas songé à me la montrer jusqu'ici. En disant cela il a pris un air amusé pour me signifier que ce qu'il disait n'était pas vrai, il l'avait cachée pour me faire languir tout l'été.

J'ai saisi la lettre *Monsieur Bellegueule, Le lycée Madeleine-Michelis a le plaisir de vous annoncer...*

Je suis parti en courant, tout à coup. Juste le temps d'entendre ma mère dire *Qu'est-ce qui fait le débile là ?*

Je ne voulais pas rester à leur côté, je refusais de partager ce moment avec eux. J'étais déjà loin, je n'appartenais plus à leur monde désormais, la lettre le disait. Je suis allé dans les champs et j'ai marché une bonne partie de la nuit, la fraîcheur du Nord, les chemins de terre, l'odeur de colza, très forte à ce moment de l'année.

Toute la nuit fut consacrée à l'élaboration de ma nouvelle vie loin d'ici.

# Épilogue

Quelques semaines plus tard,
Je pars.
Je me suis préparé pour l'internat
Non pas une grosse valise
mais un grand sac de sport qui avait appartenu
à mon frère puis à ma sœur.
Les vêtements aussi, la plupart ont appartenu
successivement à mon frère et à ma sœur, certains
à mes cousins.

En arrivant à la gare,
la peur des Noirs et des Arabes s'est atténuée.
Je voudrais déjà être loin de mon père, loin d'eux
et je sais que cela commence par l'inversion de
toutes mes valeurs.

L'internat n'est pas au lycée Michelis.
Il est plus loin, au sud de la ville.
Un peu plus de deux kilomètres
Je ne le savais pas, j'étais arrivé au lycée avec
mon sac de sport bleu marine et le CPE M. Royon
a ri

*Ah non mon petit, l'internat c'est à l'autre bout de la ville. Il faut prendre le bus, ligne 2.*

Ma mère ne m'a pas donné d'argent pour payer le bus.
Elle non plus ne savait pas
Je marche le long de la route
J'arrête les passants
*Excusez-moi, excusez-moi, je cherche...*
Ils ne répondent pas
Je vois l'agacement et l'angoisse sur leurs visages.
Ils pensent que je vais leur demander de l'argent.

Je trouve enfin l'internat –
les doigts rouges, presque sanglants à cause des kilomètres que j'ai parcourus en traînant ma valise, mon sac.
Je me souviens maintenant, j'ai même un oreiller dans un sac plastique que je transporte sous mon bras.
On doit me trouver ridicule, ou me prendre pour un SDF

À l'internat on m'annonce que je serai à part dans une chambre, séparé des autres internes.
Je verrai très peu les autres internes.
L'internat est celui d'un autre lycée qui accepte de m'accueillir.
Trop euphorique pour être déçu
Je me dis que mes amis, je les rencontrerai au lycée, qu'importe l'internat, il n'est qu'un moyen de fuir un peu plus

La rentrée des classes,

La solitude,

Tout le monde se connaît ici, ils viennent des mêmes collèges.

Ils s'adressent à moi néanmoins

*Tu manges avec nous ce midi, comment tu t'appelles déjà, Eddy ?*

*C'est un drôle de prénom Eddy, c'est un diminutif, non ?*

*Ton vrai prénom c'est pas Édouard ?*

*Bellegueule c'est quelque chose de s'appeler Bellegueule,*

*les gens ne se moquent pas trop ?*

*Eddy Bellegueule, putain Eddy Bellegueule c'est énorme comme nom*


Je découvre –

quelque chose dont je m'étais déjà douté,

qui m'avait traversé l'esprit.

Ici les garçons s'embrassent pour se dire bonjour, ils ne se serrent pas la main

Ils portent des sacs de cuir

Ils ont des façons délicates

Tous auraient pu être traités de *pédés* au collège

Les bourgeois n'ont pas les mêmes usages de leur corps

Ils ne définissent pas la virilité comme mon père, comme les hommes de l'usine

(ce sera bien plus visible à l'École normale, ces corps féminins de la bourgeoisie intellectuelle)

Et je me le dis quand je les vois, au début
Je me dis
*Mais quelle bande de pédales*
Et aussi le soulagement
*Je ne suis peut-être pas pédé, pas comme je*
*l'ai pensé,*
*peut-être ai-je depuis toujours un corps de bour-*
*geois prisonnier du monde de mon enfance*


Je ne retrouve pas Fabrice qui est dans une
autre classe,
mais je ne m'en inquiète pas, ce n'était pas lui
que je voulais, pas sa personne, mais la figure
qu'il incarnait.
Je me rapproche de Charles-Henri, il devient mon
meilleur ami, je passe mon temps avec
Nous parlons de filles


Les autres dans notre classe disent
*Ah Eddy et Charles-Henri, toujours ensemble*
Je me délecte de les entendre
Je voudrais qu'ils le disent encore plus, encore
plus fort,
qu'ils aillent au village.
et qu'ils disent, que tout le monde les entende
*Eddy a un meilleur copain, un garçon*
*Ils parlent de filles, de basket-ball*
(Charles-Henri m'initiait)
*Ils jouent au hockey, même*

Je sens pourtant que Charles-Henri tend à m'échapper
Il s'amuse bien mieux avec les autres garçons, ceux qui font du sport eux aussi, depuis toujours qui font de la musique, comme lui
Qui parlent sûrement mieux des filles
C'est un combat pour garder son amitié

Un matin,

c'est au mois de décembre, deux mois après la rentrée
Il y a des lycéens qui portent des bonnets de Père Noël
Je porte ma veste achetée spécialement pour mon entrée au lycée
Rouge et jaune criard, de marque Airness. J'étais si fier en l'achetant, ma mère avait dit
fière elle aussi
*C'est ton cadeau de lycée, ça coûte cher, on fait des sacrifices pour te l'acheter*
Mais sitôt arrivé au lycée j'ai vu qu'elle ne correspondait pas aux gens ici, que personne ne s'habillait comme ça, les garçons portaient des manteaux de monsieur ou des vestes de laine, comme les hippies
Ma veste faisait sourire
Trois jours plus tard je la mets dans une poubelle publique, plein de honte.
Ma mère pleure quand je lui mens (*je l'ai perdue*).

Nous sommes dans le couloir, devant la porte cent dix-sept, à attendre l'enseignante, Mme Cotinet.

Quelqu'un arrive,
Tristan.
Il m'interpelle
*Alors Eddy, toujours aussi pédé ?*
Les autres rient.

Moi aussi.

RÉALISATION : NORD COMPO MULTIMÉDIA À VILLENEUVE-D'ASCQ
IMPRESSION : CPI BRODARD ET TAUPIN À LA FLÈCHE
DÉPÔT LÉGAL : MAI 2015. N° 124185 (3010121)
IMPRIMÉ EN FRANCE

# Éditions Points

Le catalogue complet de nos collections est sur Le Cercle Points, ainsi que des interviews de vos auteurs préférés, des jeux-concours, des conseils de lecture, des extraits en avant-première…

**www.lecerclepoints.com**